A CANÇÃO DE KAHUNSHA

ANOSH IRANI
A CANÇÃO DE KAHUNSHA

Tradução
Gian Bruno Grosso

Título original: *The Song of Kahunsha*

Coordenação editorial: Rogério Eduardo Alves
Preparação: Carmen T. S. Costa
Revisão: Tulio Kawata
Capa: Graziella Iacocca
Imagem da capa: © K.M. Westermann/CORBIS /LatinStock (menino) e Graziella Iacocca (pedras)
Diagramação: Bia Araujo

Dados Internacionais de Catalogação na Publicação (CIP)
(Câmara Brasileira do Livro, SP, Brasil)

Irani, Anosh
A canção de Kahunsha / Anosh Irani;
[tradução de Gian Bruno Grosso]. -- :
Editora Planeta do Brasil, 2008.

Título orginal : The song of Kahunsha.
ISBN 978-85-7665-378-3
1. Ficção indiana (Inglês) I. Título

08-05895 CDD-813.6

Índices para catálogo sistemático:

1. Ficção : Literatura indiana em inglês 813.6

2008

Editora Planeta do Brasil Ltda.
Av. Francisco Matarazzo, 1.500 – 3º andar
05100-000 – São Paulo-SP
vendas@editoraplaneta.com.br

PARA MEUS PAIS
ADI E MAHRUKH IRANI

PRÓLOGO

Sem aviso algum, o homem bate com a barra de ferro no rosto que espia pela janela. Há um ruído repugnante e o rosto desaparece. Devia ser Hanif, o *taxiwala*,[1] pensa Chamdi. O homem monta guarda do lado de fora da janela, com a barra de ferro ao lado. Ele parece pronto a repetir o gesto caso seja necessário.

Na escuridão da viela, Chamdi pode ouvir uma mulher gritar de dentro da cabana azul. Ele imagina Hanif deitado no chão, com os dentes esmagados pela barra de ferro, o sangue escorrendo-lhe pelo nariz e boca, enquanto a esposa golpeia com os punhos a porta trancada.

Chamdi é incapaz de fazer qualquer movimento. Nenhum dos vizinhos vem em ajuda da família. A maioria

1 Motorista de táxi. (N.T.)

dos homens e mulheres retorna às suas cabanas, e os poucos que permanecem estão tão apavorados quanto Chamdi.

Chamdi olha para Anand Bhai, que permanece pregado ao chão. Vestido de preto, Anand Bhai, parece fazer parte da própria noite. Chamdi não consegue entender como Anand Bhai pode sorrir numa hora dessas.

UM

Chamdi passa as mãos sobre as costelas.

Tenta empurrar as costelas para dentro, mas é inútil. Elas continuam ressaltadas através do seu colete branco. Talvez seja porque ele só tem dez anos. Quando envelhecer, terá mais carne sobre o corpo e as suas costelas ficarão menos visíveis. Com este pensamento, desce os degraus do orfanato.

Ele permanece descalço no pátio. Nunca usa chinelos porque gosta de sentir a terra quente sob os pés. É o início de janeiro, e as chuvas ainda estão longe. Embora um novo ano esteja começando, a terra parece velha, as rachaduras em sua superfície estão mais fundas do que nunca. O sol fustiga os cabelos pretos de Chamdi e o força a piscar os olhos.

Estira os braços e caminha para um muro onde termina o seu mundo e começa o de outra pessoa. Ao aproximar-se do muro, ouve as buzinas distantes da cidade e o zumbido das vespas e das motocicletas. Chamdi sabe que Bombaim é muito mais barulhenta do que isto, mas o pátio não está próximo da estrada principal. Além da parede há uma pequena feira onde as mulheres vendem peixes e legumes com suas cestas de vime e homens agachados limpam os ouvidos das pessoas em troca de algumas rupias.

Pombos pousam alinhados sobre a parede e tagarelam. Cacos de vidro surgem ao longo do topo do muro para impedir que as pessoas entrem no pátio. Chamdi se pergunta por que alguém se daria o trabalho de entrar sorrateiramente no pátio. Não há nada para roubar no orfanato.

Um toque alto de campainha assusta alguns pombos que esvoaçam, mas logo recuperam os seus lugares sobre o muro. As lascas de vidro não parecem incomodá-los. Eles sabem onde apoiar os pés.

Chamdi toca a parede e sente o contato com a pedra preta. Sorri ao pensar no musgo que logo surgirá. A chuva pode tornar vivas as paredes. Mas ainda faltam alguns meses até que ele possa inalar profundamente e sentir o seu aroma favorito. O cheiro das primeiras chuvas, aquele de uma terra agradecida satisfeita pela água, é o seu sonho ao longo do ano todo. Se o interior do orfanato pudesse cheirar assim, seria o mais amado orfanato da cidade.

Este décimo ano foi duro para Chamdi. Está começando a entender muitas coisas agora. Quando criança, tinha inúmeras perguntas, mas agora elas podiam ser respondidas, e ele tem medo de não gostar nem um pouco das respostas.

Afasta-se da parede e segue em direção ao poço de cimento cinzento.

Ao olhar para o seu reflexo na água, Chamdi se pergunta com quem ele se parece, com a mãe ou com o pai. Acredita que tem os olhos da mãe, grandes e negros. Foi a mãe ou o pai que o deixou ali? Chamdi gostaria de saber se eles ainda estão vivos.

Apóia um pé sobre o parapeito do poço, que está rodeado por buganvílias. São as suas flores favoritas. Tão rosas e vermelhas, cheias de amor, ele pensa. Se essas flores fossem humanas, seriam as pessoas mais bonitas da Terra.

Chamdi apóia o outro pé sobre o parapeito do poço e ergue o corpo.

Olha pela janela aberta do orfanato. A maioria das crianças está amontoada sobre uma única cama. Ele pode ouvi-las cantarem "Railgaadi". As meninas fazem o tchu-tchu tchu-tchu de um trem, enquanto os meninos gritam os nomes das cidades bem depressa — Mandwa, Khandwa, Raipur, Jaipur, Talegaon, Malegaon, Vellur,

Sholapur, Kolhapur. Há tantos lugares na Índia, Chamdi pensa consigo mesmo, e eu não visitei nenhum.

Gosta de se sentir alto em cima do parapeito. Talvez um dia fique daquele tamanho. Mas isto ainda levará anos. E, mesmo se ficar tão alto, o que isto significará? Ainda não terá um lugar para ir. Chegará o dia em que terá de deixar o orfanato. Mas não haverá alguém para lhe dizer adeus. Ninguém sentirá a sua falta se ele sair.

Fixa o olhar na água dentro do poço.

Está extremamente imóvel. Ele se pergunta se deveria saltar dentro do poço. Engoliria tanta água quanto o seu corpo permitisse. Se os seus pais retornassem, iriam encontrá-lo dormindo no fundo do poço.

Nesse instante, ele desce do parapeito.

Caminha depressa para o orfanato e ultrapassa os três degraus que conduzem ao vestíbulo, onde se vêem os chinelos de borracha das crianças enfileirados no chão e um guarda-chuva preto pendendo de um gancho preso a uma parede amarelada cheia de remendos.

Os seus pequenos pés deixam marcas de sujeira no chão de pedra. Entra no dormitório e recebe um olhar bravo de Jyoti que, sentada no chão, lava o piso. Ela sempre o repreende por andar sem chinelos.

Vinte camas de metal ocupam o dormitório. Colocadas umas em frente às outras, em filas de dez, elas exibem colchões finos cobertos com lençóis brancos, mas nenhum travesseiro. Visto que Jyoti está esfregando o chão, as crianças permanecem sobre as camas. A maioria se acomodou em uma cama perto da janela, onde brincam com um jogo de *antakshari*.[1] Elas deixaram de cantar "Railgaadi" e agora estão no ponto do jogo em que precisam cantar uma canção que comece com a letra "V".

Sem tirar os olhos de Chamdi, Jyoti imerge um grosso pano cinzento no balde cheio de uma mistura de água e fenol. Ela esfrega o chão com o pano. Chamdi olha para a mulher e sorri. Ela trabalha no orfanato há muitos anos, juntamente com o seu marido, Raman, e Chamdi sabe que dela nada de mal virá. Gostaria que Jyoti pudesse parar e fizesse chá para ele, mas ela irá preparar o chá para todas as crianças só depois que terminar de lavar o chão. Hoje ela colocou óleo nos cabelos, e o cheiro do óleo e do fenol flutuam pelo ambiente.

Chamdi olha para dentro do grande balde verde de Jyoti, para a água escura de sujeira, e se lembra do poço. De imediato, desvia o olhar para longe e dirige-se para a sala de oração. Convence-se de que ninguém saberá que ele há pouco pensou em saltar para dentro do poço. Ninguém à exceção do homem que está ereto na sala de oração como um belo gigante.

---

[1] Trata-se de um jogo grupal muito popular na Índia, em que um participante canta as primeiras duas estrofes de uma canção e um outro deve cantar também duas estrofes de outra canção, mas que obrigatoriamente inicie com a última letra da canção anterior. (N.T.)

Chamdi não pode olhar para aquele homem. Chamdi está envergonhado dos pensamentos que teve, especialmente porque aquele homem sofreu mais do que qualquer outro que Chamdi tenha conhecido.

Jesus.

Embora os olhos de Jesus devam ter visto muitas crueldades quando vivo, eles não revelam nada disto agora. Mas o que Chamdi mais gosta em Jesus é aquela luz ao redor da cabeça, como se ele tivesse inventado a eletricidade. Quando Chamdi estremece porque vê uma criança contente, que não só tem um pai, mas ambos os pais, ele pensa em como Jesus foi maltratado. Jesus veio para a Terra cheio de amor, mas foi mandado de volta numa cruz, ensangüentado e com palavras raivosas.

Chamdi se sente encorajado ao lembrar que Jesus também foi um dia uma criança pequena, entretanto ele se tornou um líder de homens. Embora falar com Jesus o faça se sentir bem, Chamdi sempre fica incomodado quando deve pedir algo. A cada manhã, todas as crianças se reúnem na sala de orações e, em vez de rezar, fecham os olhos e fazem pedidos. Chamdi não considera que esta seja a forma correta de oração. Para ele, uma oração verdadeira significa enviar um pensamento luminoso, como "*Obrigado*" ou "*Eu o amo*", para o céu. Isto é uma oração. No momento em que você pede algo, a sala de orações se torna um mercado.

Olha ao redor para ver se alguém o está observando. Não quer que outra pessoa testemunhe a sua oração. Jesus nunca lhe respondeu, mas ele entende que, da forma pela qual foi tratado, pode ser que Jesus não tenha confiança nos seres humanos. Assim, aceita o silêncio de Jesus.

Chamdi diz para Jesus que, de agora em diante, ele aprenderá a carregar a tristeza consigo como se fosse um dedo extra do seu pé. Ao proferir estas palavras, tem certeza de que Jesus ficará orgulhoso dele.

Chamdi sente cansaço e quer descansar, mas, ao mesmo tempo, não quer que Jesus deixe de protegê-lo. Então ele se deita no chão de pedra e envia os seus pensamentos para Jesus: "*Eu prometo tentar ser feliz*". Chamdi sabe que está melhor do que os cegos, ou do que as crianças doentes, ou até do que os cachorros vadios com tantas chagas no corpo.

Sente-se muito melhor. Agora pode fechar os olhos e fazer o que mais gosta, o que tem feito desde o dia que nasceu, ou talvez desde que tinha três anos de idade. Vai imaginar a sua cidade de nascimento, Bombaim.

Ele passou toda a sua vida dentro do pátio do orfanato. Não viu muito de Bombaim. E, ultimamente, aquilo que ouviu de Bombaim o deixou perturbado. A sra. Sadiq, que dirige o orfanato, não permitiu a nenhuma das crianças pisar fora do orfanato nas últimas três semanas.

Os hindus demoliram o Babri Masjid, uma mesquita em Ayodhya, um lugar distante, ela disse, e agora os hindus e muçulmanos estavam lutando uns contra os outros em Bombaim por causa disso. As ruas não eram mais seguras, nem mesmo para as crianças.

Mas Chamdi lembra-se de que um novo ano começou.

Mais nenhuma loja será pilhada, nenhum táxi será queimado, nenhuma pessoa será ferida. Se estas coisas verdadeiramente aconteceram, então Chamdi tem que reconstruir Bombaim do jeito dele, tijolo a tijolo.

Então, fecha os olhos e vê uma bola de borracha vermelha.

Na Bombaim de Chamdi, crianças jogam críquete na rua com uma bola de borracha vermelha, e mesmo se o batedor atira a bola com força, acerta uma janela e o vidro se quebra, ninguém fica bravo. O vidro é consertado em alguns segundos, e o jogo prossegue. O árbitro é um velho que tem uma tabacaria. Embora não possa prestar atenção ao jogo porque tem cigarros, *paan*[2] e *supari*[3] para vender, ele é tão talentoso que recria o jogo, lance após lance, em sua cabeça. O arremessador atira a

---

2 Composto mastigável à base de folhas de uma pimenta local, é usado para refrescar o hálito. (N.T.)

3 Composto mastigável à base da semente da palmeira de bétele. Mascar a semente dessa espécie vegetal faz parte de muitas culturas asiáticas e as técnicas de preparação variam de região para região. (N.T.)

bola de maneira estranha. Ele corre para trás e, sem nem mesmo olhar para os tacos, atira a bola a milhas de altura no ar, e o batedor, se for experiente, espera pacientemente até a bola descer, o que pode levar de um a sete minutos. Enquanto cai, a bola gira tão rapidamente que todo mundo sente vertigens.

Ele vê as pessoas que celebram o Holi, que é o festival das cores. Todos estão nas ruas e dançam à batida de *dhols*,[4] arremessando pós coloridos que polvilham o ar, pulando para dentro dessas cores e tornando-se como elas durante um dia ou uma semana. As pessoas finalmente entenderam a verdadeira natureza do Holi — se as suas faces são tingidas de verde, então durante os próximos dias Bombaim será luxuriante, e os homens, as mulheres e as crianças atravessarão as suas dificuldades com facilidade. Se os seus troncos são pintados de vermelho, significa que elas se apaixonarão e se casarão. Todas as cores conhecidas pelo homem chegam aos que habitam Bombaim como amigas, e as pessoas tornam-se inteiramente elas mesmas.

Mas um lugar como este deve ser conhecido por outro nome, Chamdi argumenta. Assim, ele inventa um e pronuncia-o em voz alta: "Kahunsha". Que para ele significa "a cidade sem tristezas". Algum dia, toda a tristeza morrerá, ele acredita, e Bombaim renascerá como Kahunsha.

---

4 Tradicional bateria panjabi. (N.T.)

Ao acordar, sente-se refrescado.

Quando entra no dormitório, vê a pequena Pushpa sentada sobre a cama com a cabeça contra a parede. Ela respira pesadamente porque sofre de asma. Certa vez, de noite, ela acordou Chamdi e disse que estava morrendo. Ninguém vai morrer, Chamdi respondeu, apavorado porque ele não podia ajudar muito. Então, ele acariciou levemente a cabeça de Pushpa e rezou para Jesus, embora percebesse que não tinha sentido rezar quando ela nem mesmo conseguia respirar. Depois de um tempo, ele apenas ficou sentado lá na escuridão, ouvindo Pushpa respirar de forma ofegante. Agora, Pushpa enrola seus cabelos e devaneia, e Chamdi fica feliz em ver que ela não aparenta sofrimento.

O dormitório agora está bastante escuro, embora uma pequena fresta de luz venha da sala de orações, que recebe mais sol. Chamdi olha para todas as crianças nesta luz emprestada. A nossa aparência mostra que somos órfãos, ele pensa. Diz para si mesmo que, se encontrasse qualquer uma dessas crianças daqui a alguns anos, na idade adulta, ele ainda poderia reconhecê-las.

Ele desvia sua atenção para Dhondu. Dhondu, o menino-fantasma que dorme com um olho aberto. Embora Dhondu seja o menino de melhor compleição do orfanato, tem pavor de fantasmas. Acredita que, se entrar num sono profundo, um fantasma entrará no seu corpo e ele será forçado a passar a noite fora do corpo como um espírito assustado. À noite, Dhondu fala um idioma estranho que afirma ter aprendido dos fantasmas. Ele pode ouvi-los lutar entre si sobre quem levará primeiro o seu corpo. Nas noites em que não há muito a fazer, o que ocorre quase sempre, as crianças assistem com grande diversão a Dhondu ser perseguido pelos fantasmas.

Kaichi está deitado no chão. Ele parece diferente das outras crianças. Tem olhos verdes e a pele clara porque veio do Nepal. Chamdi está agradecido que Kaichi esteja dormindo. Kaichi ganhou esse nome porque está sempre cortando as conversas dos outros como uma tesoura. Mas agora Kaichi dorme como uma pedra. Chamdi passa por cima dele.

O velho relógio no dormitório toca três vezes, e Chamdi se dá conta de que perdeu o almoço. Não é muito para um almoço, uma bola de arroz e legumes, mas pelo menos enche o estômago. Ele especula por que ninguém veio ao salão de orações para acordá-lo, especialmente a sra. Sadiq.

Além de Jesus, a sra. Sadiq é talvez a única pessoa com quem Chamdi fala sem reservas. Ela cuidou de Chamdi desde pequeno. Mas ele não confia nela completamente. Sente que a mulher está lhe escondendo alguma coisa. Todos esses anos, ela o alimentou e deu-lhe banho, mas houve tempos em que ela não conseguia olhá-lo nos olhos. Ele acredita que ela sabe algo sobre os pais dele. Um dia ele descobrirá.

Ainda assim, Chamdi é grato por tudo aquilo que ela lhe fez. A sra. Sadiq ensinou todas as crianças a ler e a escrever. Mas presta uma atenção especial em Chamdi. Certa vez, ela o chamou de "menino brilhante" na frente de todas as outras crianças. Deu-lhe uma chance para explicar que era "brilhante" porque ele acreditava no poder das cores. *Todos vocês deviam ficar junto das buganvílias todos os dias*, ele anunciou orgulhosamente. *Então vocês seriam brilhantes como eu.* Mas as crianças riram como se Chamdi estivesse maluco. Daquele dia em diante, ele decidiu manter os seus segredos para si mesmo.

Ele caminha pelo corredor estreito que conduz ao escritório da sra. Sadiq. Um retrato de uma senhora parse está pendurado na parede. Por muitos anos, Chamdi pensou que essa senhora parecia muito dura. Mas, um dia, a sra. Sadiq contou para todos quem era a senhora parse, e Chamdi mudou de idéia. O nome da senhora é H. P. Cama. Quando ela estava viva, o orfanato era a casa dela. Por causa de sua bondade é que as crianças hoje têm abrigo. A sra. Sadiq ensinou todas as crianças a agradecer à "sra. Cama" cada vez que elas cruzavam o corredor. Chamdi não agradece sempre porque às vezes está com pressa de ir ao banheiro, mas falou com Jesus sobre a sra. Cama. Se você a encontrar no céu, por favor, cuide dela.

Agora Chamdi observa a sra. Sadiq no corredor.

Ela está sentada numa escrivaninha de madeira marrom e lê uma carta com seus óculos prateados. Atrás dela, pela janela aberta, Chamdi pode ver as buganvílias balançando com a brisa. Ele gosta da forma pela qual as pétalas vermelhas cercam a cabeça da sra. Sadiq, sem que esta se dê conta; é como se elas a estivessem protegendo. A mulher ergue a cabeça e olha para o relógio na parede, mas não nota a presença de Chamdi. Como ela volta a ler a carta, o sol acrescenta um toque de luz aos seus cabelos brancos.

Chamdi olha para os longos braços ossudos da mulher, que descansam sobre a mesa, e imagina de quantas crianças aquelas mãos já cuidaram durante tantos anos. Sabe que, da mesma maneira que ele deseja conhecer a sua mãe e o seu pai verdadeiros, a sra. Sadiq outrora quis ter uma criança realmente sua. Ele a ouviu certa tarde falando com Jyoti, enquanto as duas, sentadas nos degraus do orfanato, bebiam chá: foi uma das poucas ocasiões em que Chamdi viu a sra. Sadiq tratar Jyoti como uma amiga e não como uma criada.

Chamdi descobriu que a sra. Sadiq havia sido casada. O marido não aprovava o seu trabalho no orfanato. Ele lhe disse que, se ela não pudesse ter as suas crianças, não havia nenhuma necessidade de cuidar das dos outros. Um dia, ao chegar em casa, ele tinha arrumado as malas dela. Ele pediu-lhe que partisse. Assim, ela apanhou o pouco que possuía e voltou com um táxi ao orfanato. Depois daquele dia, ela nunca mais o viu. A sra. Sadiq acredita que o marido já esteja morto porque ele era quinze anos mais velho do que ela. Isso foi tudo que contou a Jyoti.

Chamdi ficou surpreso de que a história da vida da sra. Sadiq pudesse ser contada com apenas algumas poucas frases. Por isso decidiu que iria realizar algo tão maravilhoso que, se fosse contar para qualquer um a história da sua vida, ele demoraria dias, até semanas, e o fim seria feliz, diferentemente daquele da sra. Sadiq. Quis contar para a sra. Sadiq os seus planos, mas ela teria gritado com ele por ter estado espiando.

A sra. Sadiq olha novamente para o relógio. Passa as mãos pelos seus cabelos brancos amarrados em um coque. Ela usa um sári azul e *chappals*[5] de borracha combinando. Chamdi sempre pode saber em que quarto do orfanato ela está pelo *flip-flop* de seus *chappals*. Quando sai do orfanato, ela usa sandálias de couro. Os *chappals* de borracha a tinham feito escorregar uma vez na chuva, e foi quando ela machucou as costas. A garrafa de óleo de Ayurveda que ela passa nas costas está sobre a mesa,

[5] Chinelos. (N.T.)

próxima de um pesa-papéis de vidro azul. A sra. Sadiq segura o pesa-papéis azul com a mão e então olha para o relógio. Chamdi quer saber se ela acha que o relógio e o pesa-papéis estão relacionados.

Ela finalmente vê Chamdi parado em pé no corredor.

Quando a sra. Sadiq se levanta da cadeira de madeira, a pequena almofada verde que apóia a base da sua coluna cai no chão. Ela se inclina lentamente para apanhá-la, mas Chamdi pode perceber pela tensão no rosto da mulher que suas costas doem. Então, ela deixa a almofada no chão. Chamdi entra no quarto, apanha a almofada e a coloca na parte de trás da cadeira da sra, Sadiq.

A sra. Sadiq sorri para Chamdi, mas ele sabe que ela está preocupada com alguma coisa, porque não é usual que um sorriso faça uma pessoa parecer mais velha. Ela caminha para a janela e descansa os cotovelos no peitoril. Chamdi também olha para fora da janela, vê o poço, e promete a si mesmo nunca mais se aproximar dele.

Chamdi e a sra. Sadiq ficam em silêncio e escutam uma ou outra buzina ocasional. Ele imagina o que aconteceria se o orfanato estivesse no coração de Bombaim. Teria que ouvir o ronco ensurdecedor dos ônibus o dia inteiro. Jyoti contou que os ônibus de Bombaim não têm nenhum respeito pelos seres humanos. Ela constatou com os próprios olhos como os ônibus são cruéis com os humanos — eles impedem as pessoas de subir, e aquelas que conseguem são obrigadas a agarrar-se ao ônibus do modo mais perigoso. Jyoti também contou que, quando saiu da sua aldeia com destino a Bombaim, não encontrou lugar para se sentar dentro do ônibus, por isso se acomodou no teto do veículo com cinco homens e viajou desse modo durante um dia inteiro. Na ocasião, Chamdi pensou que adoraria se sentar no teto de um ônibus e ver todas as aldeias da Índia.

Mas, no momento, ele quer saber o que perturba a sra. Sadiq porque ela não lhe disse uma palavra sequer. Chamdi notou que, nos últimos três meses, a sra. Sadiq tem ficado cada vez mais quieta e deseja saber se é um sinal de que ela está morrendo. Chamdi tem medo de lhe perguntar. Mas tem que fazê-la falar, porque, quanto mais ela falar, mais tempo irá viver.

Antes que Chamdi possa lhe perguntar alguma coisa, a sra. Sadiq bate-lhe levemente na cabeça, volta para a sua mesa e lê novamente a carta. Apanha o telefone preto e leva-o ao ouvido como para conferir se está funcionando. Então, repõe o receptor em seu berço, tira os óculos prateados e esfrega os olhos.

Talvez ela não tenha dormido ontem à noite, pensa Chamdi. Os olhos dela estão vermelhos. Mas também poderiam estar vermelhos de chorar. Acha estranho que, embora não tenham nenhuma cor, as lágrimas façam os olhos ficar vermelhos. Ele freqüentemente fantasiava sobre os seus próprios olhos. Se fitar as buganvílias por vários dias seus olhos vão adquirir a cor delas? Então ele seria o único menino em Bombaim, ou mesmo no mundo todo, a ter as pupilas cor-de-rosa ou vermelhas.

O toque do telefone interrompe os seus pensamentos. A sra. Sadiq não atende imediatamente. Chamdi sabe que ela quer que ele saia. Se ela fosse a mãe dele, ele lhe teria agarrado a perna e se recusaria a ir.

Antes de sair do quarto, Chamdi olha brevemente as buganvílias pela janela e fica contente ao ver que a brisa as faz dançar. É um sinal de que a sra. Sadiq ficará bem.

DOIS

A sra. Sadiq arranha a sua sobrancelha direita com a unha do polegar. Depois de alguns segundos, ela muda para a esquerda. Este é um hábito que Chamdi notou durante os anos. Ela faz isto sempre que está preocupada.

Mas Chamdi nunca a viu tão preocupada com um simples telefonema. Sabe que ela está lhe escondendo algo, da mesma maneira que ela esconde algo quando se recusa a falar sobre os pais dele. Mas não importa quantas vezes ela diga que não sabe nada sobre os pais dele, Chamdi está determinado a descobrir a verdade. Afinal de contas, foi a sra. Sadiq que lhe deu o nome de Chamdi, "um menino de pele grossa".

Hoje Chamdi agradece à sra. Cama ao passar pelo corredor. Ele sabe que não é possível, mas lhe parece que as orelhas dela ficaram maiores. Poderia ser porque elas são constantemente alimentadas com tantos agradecimentos. Se isto for verdade, então Deus deve ter as maiores orelhas do mundo.

Sonal, a menina mais velha no orfanato, está em pé olhando para fora da janela do dormitório. Ela usa um vestido verde desbotado que chegou num monte de roupas velhas doado por uma família cristã que estava de mudança para Madras. O calção marrom e o colete branco que Chamdi veste vieram da mesma família. Chamdi inveja o menino cristão cuja cintura é maior que a sua. Significa que o menino come muito mais do que uma bola de arroz com legumes. Chamdi quer se tornar um homem rapidamente. Ele quer ser forte. Sabe que Sonal, ela também, quer crescer bem depressa. Ela está chateada com a sua aparência atual. Chamdi ouviu a sra. Sadiq contar para Sonal que as meninas levam algum tempo até revelar a própria beleza. Por isso, Sonal agora acredita que será uma beleza quando crescer. Ela não sabe com que idade ficará bonita, mas está disposta a esperar pacientemente.

Em um canto do quarto, três meninos jogam *koyba*, o jogo das três pedras brancas. Apesar de não serem irmãos, eles são parecidos. Têm o peito largo, mas as suas pernas são magras. Chamdi acredita que eles se assemelham porque estão sempre juntos. Não falam muito com as outras crianças. Um dos meninos ergue a perna direita ao atirar com a mão a pequena pedra redonda. A pedra atinge o chão com precisão.

Agora Chamdi vê Jyoti sair pela porta principal. Ainda é muito cedo para a mulher ir para casa, portanto julga que ela deve estar indo ao mercado comprar legumes ou azeite para a sra. Sadiq. Chamdi gostaria de saber o que a sra. Sadiq faria sem Jyoti, porque a sra. Sadiq não tem forças para se agachar no chão e esfregar o piso, ou mesmo cozinhar para vinte crianças. Embora o trabalho de Jyoti seja de categoria inferior, ela nunca deixou o orfanato para trabalhar numa residência particular por um salário maior. Talvez por causa do marido, Raman. Chamdi sabe que nenhuma casa empregaria um bêbado. Pelo menos ali Raman limpa os banheiros e assim não incomoda ninguém. Há dias em que desmaia no pátio, e então todas as crianças se reúnem ao seu redor e ficam imaginando se ele está morto.

Assim que Chamdi está a ponto de descer os degraus para o pátio, percebe que alguém lhe puxa a mão. É Pushpa. Ela está segurando uma cópia velha e despedaçada de *Chandamama*, o livro de histórias infantis com contos fabulosos como "A criança que comeu uma montanha" e "O rinoceronte voador com moral". Pushpa quer falar, mas ela aguarda até ter bastante ar. De qualquer forma, Chamdi sabe o que ela quer. Ele pega o livro das mãos de Pushpa e vai com ela até um canto do quarto, perto de um armário de madeira grande onde se guardam as roupas das crianças e os brinquedos. O armário tem um espelho comprido numa das portas e, na outra, a pintura de uma árvore com flores cor-de-rosa. Há um pássaro em um dos galhos da árvore. Chamdi ama aquela pintura porque parece que a boca do pássaro está aberta e que ele está cantando uma canção que viaja por milhas e milhas.

Eles sentam-se no chão o mais longe possível dos meninos do *koyba*. Um dos meninos acabou de ganhar três jogos seguidos e está andando com o peito de fora. Os outros dois estão chateados por não ganhar, assim esfregam e beijam as três pedras brancas juntas para dar sorte.

Chamdi gosta quando Pushpa lhe pede que leia uma história para ela. Ele nunca começa a leitura no início do livro porque acredita que precisa abrir o livro na história que necessita ser lida. Quando olha para Pushpa, nota mais uma vez que, embora ela seja minúscula, e também a criança mais nova do orfanato, os seus olhos são grandes e redondos, muito parecidos com as pedras de *koyba*.

Chamdi fecha os olhos e abre o livro em "A Princesa Faminta". Ele conhece a história e está contente que tenha sido esta a escolhida. "A Princesa Faminta" é uma história de amor sobre uma linda princesa na antiga Índia a quem não foi permitido casar-se com o jovem de sua escolha, o filho de um fazendeiro pobre. Assim, ela decidiu jejuar até a morte. O rei não pensou que a filha faria tal coisa, mas ela corajosamente se recusou a comer e tal foi o efeito da sua devoção que colheitas deixaram de crescer e o reino inteiro passou fome até que o rei finalmente concordou em conceder a mão da princesa ao filho do fazendeiro pobre.

Fora a sra. Sadiq quem primeiro lera esta história para todas as crianças. Recordando agora, Chamdi entende por que a história não alegrou a sra. Sadiq quando ela a contou. Talvez a tenha feito perceber como a sua própria história tinha se desenrolado de maneira diferente, e, embora o tom da voz dela fosse suave, Chamdi poderia assegurar que a sra. Sadiq não acreditou em uma só palavra do que estava lendo. Ele agora tem certeza disso. Mas sente-se feliz porque Pushpa está pronta a acreditar sinceramente em tudo o que lhe contam. Depois de ler a história, ele poderia lhe contar sobre o poder das cores. Mas, quando se prepara para começar a leitura, a sra. Sadiq entra no quarto.

"Eu quero todos vocês sentados no chão", ela diz. "Tenho algo importante para dizer."

Chamdi fecha o livro e diz para Pushpa que, assim que a sra. Sadiq terminar de falar, ele começará o conto. Pushpa pega a cópia de *Chandamama* das mãos de Chamdi e admira a ilustração da Princesa Faminta, cujos cabelos pretos e longos lhe cobrem as faces enquanto ela chora pelo filho do fazendeiro pobre. Dhondu, o menino-fantasma, senta-se próximo a eles dois.

É duro para os meninos do *koyba* pararem o jogo porque um deles acaba de ganhar quatro jogos seguidos. Ele diz aos outros que quer estabelecer um recorde de cinco. Mas, diante do olhar da sra. Sadiq, apanham uma pedra cada um e sentam-se próximos a Sonal, que já está esperando com a mão no queixo.

Chamdi observa a imagem da sra. Sadiq no espelho do armário de madeira. O corpo dela é delicado e as veias na testa são visíveis. Ela agora parece até mais cansada do que estava há pouco no escritório. Isto significa que as notícias não devem ser boas.

Ele se lembra da última vez que ela fez um anúncio. Era relativo a Babri Masjid. A mesquita tinha sido destruída no sexto dia de dezembro, o mesmo dia do aniversário de Pushpa. Ela lhes contou um par de dias depois, quando as revoltas tinham começado em Bombaim.

Nos dias seguintes, Chamdi ouviu Raman dizer a Jyoti que era inseguro para a sra. Sadiq sair do orfanato porque ela era muçulmana. As lojas que pertenciam a muçulmanos passaram a ser pilhadas e incendiadas. Homens, mulheres e crianças muçulmanos estavam sendo perseguidos, e a polícia não oferecia nenhuma proteção. Foi Raman que sugeriu que a sra. Sadiq usasse um sári em vez do *salwar-kameez*[1] tradicional. Se ela saísse, poderia fingir ser hindu. Mas Chamdi não quis acreditar em nada disto. Afinal de contas, Raman bebia muito. Isto fazia com que ele contasse mentiras.

---

[1] Conjunto feminino típico indiano constituído por uma calça comprida e uma túnica. (N.T.)

As palavras da sra. Sadiq devolvem Chamdi à realidade.

"Eu vi alguns de vocês chegarem aqui como bebês, e agora estão tão grandes que não consigo mais erguê-los", ela começa.

A sua boca abre-se num sorriso triste. Ela olha para Sonal, que brinca com os balangandãs do seu vestido verde. Sonal quase sempre está viajando no mundo dos sonhos. Chamdi irrita-se com Sonal, que não está prestando atenção.

"Sonal, você veio para cá quando tinha dois anos", diz a sra. Sadiq. "Quantos anos você tem agora?"

Sonal ouve o seu nome e olha para a sra. Sadiq. Ergue a mão para responder. A sra. Sadiq ensinou-lhes que, quando estiverem em grupo, têm de erguer a mão caso desejem falar.

"Quantos anos você tem?", repete a sra. Sadiq.

"Eu tenho nove anos", responde Sonal.

"Nós temos um menino que logo se tornará um homem", diz a sra. Sadiq. "Quem pode me dizer quem é?"

Pushpa aponta para Chamdi. Ele abaixa o olhar porque não gosta de ser alvo de atenção. O que há de tão importante em ter nascido antes dos outros? Ele não fez nada para alcançar isto.

"Como todos sabem, este orfanato era propriedade de uma senhora parse", começa a sra. Sadiq. "H. P. Cama morreu há trinta anos. Dizem que ela não teve nem marido, nem filhos. Ela decidiu que depois da sua morte esta casa serviria de morada para crianças pequenas como vocês."

Por que ela está nos contando o que nós já sabemos?, pensa Chamdi. Agora tem certeza de que as notícias são ruins porque a sra. Sadiq está desperdiçando tempo e ela olha para os pés enquanto fala.

"Mas há um problema agora."

A sra. Sadiq endireita as costas e a cabeça ao dizer isto, mas Chamdi sabe que este gesto não mudará a natureza de suas palavras.

"Três meses atrás, eu recebi uma carta. Era dos fiduciários deste orfanato... as pessoas que tomam conta deste lugar. Um homem apareceu e conseguiu provar aos fiduciários que ele é o neto de H. P. Cama."

A sra. Sadiq fixa novamente os seus pés. Então cruza os braços e esfrega os cotovelos.

"Por isso, os fiduciários estão sendo forçados a entregar o lugar a esse homem, e ficaram sabendo que ele vai construir um edifício no lugar deste orfanato. Eu lhes implorei que arranjassem algum tipo de abrigo, até um abrigo menor seria suficiente, em qualquer lugar... Eles me deram uma resposta definitiva às três horas de hoje."

Ao lado de Chamdi, Pushpa abre o *Chandamama* e percorre as páginas. Ela pára numa ilustração de um menino bem novo que segura uma montanha na mão e está pronto para comê-la. Pushpa olha para Chamdi, aponta para a boca escancarada do menino e ri. Mas Chamdi está firmemente concentrado nas palavras da sra. Sadiq.

"A questão é a seguinte: os fiduciários nos pediram para deixar este orfanato. Nós temos um mês para sair. Eles irão demolir o orfanato e um edifício alto será erguido em seu lugar."

De repente, Chamdi está com raiva da sra. Sadiq. Ela sabia disso havia três meses aproximadamente. Por que não contou para ele? Tudo que ela fez foi ficar quieta, cada vez mais quieta, como se o silêncio dela os ajudasse. E que tipo de pessoas são esses fiduciários? Como eles podem preferir um edifício a crianças?

"Diga a eles que nós não sairemos daqui", diz Chamdi.

"Nós não temos escolha, Chamdi."

"Esta é a nossa casa."

"Mas eles são os proprietários daqui. Não há nada que possamos fazer. Há momentos na vida em que você não pode fazer nada. Tivemos sorte por nos terem permitido ficar neste lugar durante tantos anos. Há pessoas que estão em condições piores, jogadas nas ruas."

"Mas é para lá que a senhora está nos mandando."

"Eu não estou mandando vocês para nenhum lugar. Não depende de mim. Mas eu estou fazendo tudo o que posso para encontrar um outro lugar para todos vocês."

"Onde?"

"Pune."

"Onde é isto?"

"Pune fica a três horas daqui de trem. Conheço um padre lá. O nome dele é padre Braganza. Ele também administra um orfanato. Eu escrevi para ele."

"Nós estamos deixando Bombaim?"

"Tentei achar um lugar em Bombaim, mas não há nada. E sinto que, quanto mais longe vocês estiverem desta cidade, mais seguro será. Estes são tempos perigosos. Você sabe como foi difícil o mês de dezembro. Algumas pessoas dizem que as revoltas não terminaram, que mais lutas e saques deverão acontecer."

Chamdi não gosta quando a sra. Sadiq diz isto. Só porque a vida dela deu errado não significa que a deles também vai dar. E ele não viu nenhuma revolta. Ele viu Bombaim em sua mente e ela é maravilhosa.

"E o que vai ser se o padre Braganza disser não?", pergunta Chamdi.

"Isto não vai acontecer", ela diz. "Olhe, não vale a pena falarmos a respeito. Nós acharemos outro lugar. Por enquanto, tudo o que podemos fazer é rezar."

A sra. Sadiq passa os dedos nos seus cabelos brancos e leva todas as crianças para a sala de orações. Pushpa deixa o livro de contos no chão. Pushpa e Chamdi são os últimos a entrar na sala.

Chamdi pode perceber que a sra. Sadiq está assustada. Ela normalmente se posiciona debaixo da estátua de Jesus e conversa com as crianças antes da oração, mas hoje se ajoelha ao lado deles. Com a cabeça inclinada, ela diz suavemente: "Contem tudo para Jesus".

Chamdi perde a noção de quanto tempo ficam em silêncio, mas, no final da oração, percebe que todas as crianças chegaram um pouco mais perto umas das outras.

A sra. Sadiq é a primeira a se levantar. Todas as crianças passam por ela ao sair da sala de orações. Ninguém diz uma palavra. Quando Pushpa passa pela sra. Sadiq, ela agarra a mão da mulher, como se não quisesse ir sozinha para a sala ao lado. Mas a sra. Sadiq não a acompanha. Chamdi é o último da fila e fica olhando para ela. A sra. Sadiq diz a Pushpa para continuar.

Chamdi está com raiva porque ele ouviu a verdade. E decidiu que, se a sra. Sadiq conseguiu falar a verdade hoje com tanta facilidade, ela lhe contará o que manteve escondido dele durante todos estes anos.

"A senhora tem que me contar a verdade", ele diz.

"Eu lhe contei a verdade", a sra. Sadiq responde. "Nós não temos mais nenhuma casa agora."

"Não sobre o orfanato. Eu quero a verdade sobre mim."

"Chamdi, eu lhe falei muitas vezes. Eu não sei de nada."

"A senhora está mentindo."

"Eu não sei de nada. Eu juro."

"Jure por Jesus", insiste Chamdi.

"Eu também já fiz isto. Muitas vezes." A sra. Sadiq suspira.

"Ponha a sua mão em Jesus. E então diga."

Chamdi sabe que no passado a sra. Sadiq mentiu para ele. Jurou por Jesus que não sabia nada sobre os pais dele, mas ela nunca colocou a mão em Jesus e mentiu. A sra. Sadiq toca os pés de Jesus.

"Eu não sei nada sobre os seus pais", ela diz.

"A senhora ainda está mentindo."

"O que o faz pensar isto?"

"A senhora retirou a sua mão dos pés de Jesus enquanto estava dizendo isto."

"Chamdi... você tem que deixar de perguntar sobre os seus pais."

"Então eu vou lhe perguntar outra coisa."

"Assim é melhor."

"Lembra-se de quando me perguntou se eu tinha chutado um dos meninos do *koyba* enquanto ele estava dormindo?"

"Eu me lembro."

"O que eu lhe contei?"

"Você me disse que chutou um deles."

"E sabe por que eu disse isso? Porque eu sou um péssimo mentiroso. Assim como a senhora. Conte, por favor. Por favor, senhora Sadiq, eu preciso saber dos meus pais."

"Mas por que isso agora?"

"Eu deixarei de pensar neles. Algumas noites desejo saber se eles me perderam sem querer e ainda estão me procurando."

"Chamdi, não é bom para você continuar sonhando assim."

"Então conte a verdade."

Há um longo silêncio. Chamdi espera que a sra. Sadiq rompa o silêncio dizendo-lhe pela centésima vez que ela não sabe nada dos seus pais.

"Senhora Sadiq, a senhora manteve silêncio durante três meses sobre a carta, e não nos falou que íamos perder nossa casa, e agora vê o resultado."

"Chamdi..."

"Eu sei por que a senhora está nos mandando para Pune."

"O que você quer dizer com isso?"

"A senhora não quer mais cuidar de nós." Chamdi olha diretamente para a sra. Sadiq quando diz isto. Há descrença na face dela. Chamdi nunca falou com ela desta maneira antes.

"Chamdi... não há nada que eu posso fazer. Não depende de mim. Os fiduciários estão cuidando do caso. Eu lhes contei a verdade. Eu juro."

"Então também conte a verdade sobre meus pais."

"Você poderia não gostar do que vai ouvir."

"Me conte."

"Pense bem no que você pergunta."

Chamdi quer contar para a sra. Sadiq que ele passou a sua vida inteira pensando nisso. Em algumas noites fica diante da janela aberta do orfanato e implora pela volta dos pais, mas só faz isso nas noites em que sopra um vento forte, para que o vento possa levar as suas palavras até eles. Às vezes, ele se observa no espelho e se pergunta qual é a parte do seu rosto que os seus pais não gostaram. Quer contar para a sra. Sadiq por que ele fica no pátio o dia todo. É porque certa vez sonhou que estava no pátio e um homem e uma mulher encaminharam-se em sua direção, e de repente ele começou a correr ao encontro do casal porque seu coração os reconheceu, e em questão de segundos ele estava nos braços deles, e o pátio inteiro estava feliz por ele, especialmente as buganvílias...

"Seu pai o deixou aqui, Chamdi", a sra. Sadiq diz claramente. "Ele nunca voltou. Eu pensei que era melhor você não saber."

Chamdi está chocado com a maneira como as palavras da sra. Sadiq saem rápido. Ela dá alguns passos na direção da janela e olha para fora, no pátio. Tira os óculos e segura as mãos atrás das costas. Depois continua a falar lentamente.

"Eu vi seu pai", ela diz. "Eu vi seu pai no dia em que ele o deixou. Era de tarde e eu tinha terminado havia pouco de comer. Tínhamos uma cadela chamada Rani, que agora já se foi. Era um animal muito delicado. Mas Rani começou a latir, e ela só latia se alguém estivesse correndo. Por alguma razão, Rani nunca gostou de pessoas que correm. Ela mesma nunca correu. Embora cachorros amem correr e perseguir coisas, a minha Rani nunca fez isto. Ela era como uma rainha, sempre em seu passo lento."

"O que você viu?", pergunta Chamdi.

"Eu fui até a janela e vi um homem correndo. Ele estava correndo para longe do orfanato."

"Como era ele?"

"Ele estava correndo para longe do orfanato e eu senti uma dor no coração. O mesmo sentimento de dor que sinto toda vez que alguém deixa uma criança aqui. É um sentimento que nunca vai embora."

"Qual era a aparência do homem, senhora Sadiq?"

"Eu olhei para o homem e então para trás, para Rani, que estava latindo ruidosamente. Ela estava próxima do poço e ao seu lado havia um pacote branco. Aquele pacote branco era você."

"Qual era a aparência do homem?" É isto o que eu quero saber, pensa Chamdi. Conte-me como ele era.

"Ele parecia assustado. Nunca vi o rosto dele.

Pude ver apenas as suas costas, mas mesmo pelas costas eu posso dizer que ele estava assustado."

"Esse era o meu pai?"

"Sim."

"Mas como a senhora sabe?"

"Eu posso dizer isso pela forma como ele correu."

"O que quer dizer, senhora Sadiq?"

A sra. Sadiq suspirou. "O modo como ele correu, Chamdi. Poderia significar qualquer coisa. Poderia significar que ele o amava muito, mas foi forçado a deixá-lo e só estava correndo de você porque seria impossível para ele simplesmente caminhar. Ou poderia significar que ele correu porque tinha medo de ser apanhado. Você tem que decidir o que significa."

"A senhora viu o rosto dele?"

"Não."

"Está certa disso?"

"Não."

"Quer dizer que a senhora viu o rosto dele?"

"A questão é a seguinte, Chamdi... eu vi as costas dele tão claramente que durante todos estes anos o rosto dele começou a se formar lentamente, e na minha cabeça ele se tornou o mesmo rosto que todo homem neste mundo tem. O rosto dele era o mesmo que o do meu marido, o mesmo que o do homem que vende legumes na esquina, era o mesmo rosto... e o rosto não significa nada."

"Senhora Sadiq, eu não entendo o que a senhora está dizendo."

"Eu estou dizendo que não vi o rosto dele. Sinto muito."

Por que ela não viu o rosto dele?, Chamdi pergunta-se. Esta era a coisa mais importante.

"Mas há uma outra coisa", a sra. Sadiq diz. "Eu ainda tenho o pano branco em que você chegou. Você o quer?"

"O pano branco?"

"Você deveria ficar com ele. Veja de uma vez por todas. Eu volto já."

Enquanto Chamdi espera, acaricia as unhas dos pés de Jesus. Olha para o rosto de Jesus para obter um sinal de vida, mas nada acontece.

A sra. Sadiq está novamente diante de Chamdi. Ela segura com a mão um pano branco. Não há nada de especial nele, nada, pensa Chamdi. É só um pano branco amassado na mão de uma mulher velha.

"Foi embrulhado nele que você chegou aqui", ela diz.

"Por que a senhora guardou isto?"

"Por causa do sangue."

Ela empurra o pano na mão de Chamdi, enquanto evita fitá-lo nos olhos.

Chamdi recebe o pano das mãos dela e vê três grandes gotas de sangue. Olha como se o sangue tivesse sido preservado no pano especialmente para ele.

"O que este sangue significa?", ele pergunta, surpreso.

"Eu não sei, mas pensei nisto centenas de vezes."

"É o meu sangue?"

"Não, você estava limpo."

"Este sangue é do meu pai?"

"Se aquele homem era o seu pai. É por isto que eu o conservei."

Chamdi escuta a respiração da mulher. É como se de repente ele pudesse ouvir todos os sons do quarto, até o mais suave.

"Chamdi, quantos anos você tem agora?", pergunta suavemente a sra. Sadiq.

"Dez."

"Você não tem mais dez anos."

"O quê?"

"Você não tem mais dez anos. A idade não importa mais. Você agora é um homem, e é culpa minha se eu o tornei o homem que você é. Perdoe-me."

A sra. Sadiq deixa o quarto. Chamdi permanece paralisado, como um animal irracional.

Ele tem pensamentos, tantos, que eles nem se parecem com pensamentos. Alguns são só palavras como *sangue* e *correndo*, e ele se imagina como um pacote branco perto do poço, um pacote que fez um homem adulto correr de medo.

TRÊS

É meia-noite e todas as crianças estão dormindo. Chamdi está faminto e lamenta ter recusado o jantar. Mas ele não teve vontade de comer mais cedo.

Agora sabe que precisa deixar o orfanato antes que este o deixe. Ergue-se sobre a cama e olha ao redor. Na penumbra gerada pela pequena lâmpada incandescente que é mantida acesa num canto do dormitório, ele anda pé ante pé para o *foyer*, pisando nos *chappals* de borracha das crianças, até chegar à porta principal do orfanato. Desliza o trinco cuidadosamente, de forma a não acordar ninguém. O trinco range um pouco, mas ele julga que, numa noite como esta, um rangido não fará diferença.

Ele abre a porta, mergulha na noite e caminha diretamente para a fileira de buganvílias. Na escuridão, não consegue ver suas cores. Mas usa a sua mente para iluminar as pétalas e, depois de um instante, começa a ver nuanças de cor-de-rosa e vermelho. Ele gosta disso, de como as cores independem da escuridão.

Então um pensamento horrível o assalta. E se eles arrancarem as buganvílias quando demolirem o orfanato? Ele amou aquelas plantas a vida inteira. Não, pensa, de alguma maneira elas sobreviverão. Edifícios podem chegar, mas os galhos penetrarão no cimento e continuarão crescendo para cima, tal é o poder das buganvílias.

Agora entende por que está enxergando as buganvílias na escuridão. Ele está dizendo adeus. Se tivesse que partir durante o dia, não iria agüentar. Agradece-lhes pelas cores que lhe deram, então corre até elas e põe na boca as pétalas vermelhas, sem se preocupar com os espinhos. Elas também me amam, pensa Chamdi, enquanto as flores roçam a sua pele. Elas não se incomodam por serem despertadas do seu sono. Conta-lhes que tem um favor para pedir. Irá arrancar algumas pétalas para levar, e espera não feri-las muito, e assim enche os bolsos de pétalas.

Há uma última coisa que também precisa fazer.

Chamdi retorna ao orfanato. Ele não precisa fazer malas porque não possui nada. Chegou com um pano branco com três gotas de sangue e, quer seja um bom presságio quer não, vai levar aquele pano e mais nada. Ele o amarra ao redor do pescoço como um lenço. Então pega um punhado de pétalas vermelhas e se encaminha pelo pequeno corredor que leva ao escritório da sra. Sadiq. Ela está deitada no chão, adormecida, e ele pode ouvir a sua respiração leve. Não quer acordá-la porque não há nada para ser dito. "Obrigado" seria uma coisa estúpida para dizer. Em seu coração, ela deve saber que Chamdi agradece tudo o que ela fez por ele.

Deposita algumas pétalas sobre a escrivaninha da sra. Sadiq, mas logo muda de idéia e as coloca aos seus pés. Chamdi fica parado ao lado dela e lhe agradece com a mente e o coração. Ele nunca a abraçou e desejaria poder fazer isto agora, mas não quer despertá-la.

Chamdi corre pelo corredor, pela porta principal e pelo pátio.

Sem parar, ele não olha para trás. Não tem certeza se está chorando e não se preocupa com isso. Corre cada vez mais depressa. Assim que está a apenas alguns metros fora dos muros do orfanato, dá-se conta de que está entrando em outro mundo.

Se o meu pai correu de mim, então eu correrei atrás dele. Este é o pensamento que está em sua cabeça enquanto corre. Ele está correndo porque sabe que o pai leva uma vantagem. O pai está milhas e anos à sua frente.

Mas há outra razão pela qual Chamdi está correndo. Tem medo de que, se for caminhando, se não atravessar rapidamente as ruas estreitas, a sra. Sadiq possa acordar e chamá-lo de traidor por abandonar a ela e as crianças. Assim, embora cacos de vidro da rua se finquem em seus pés, ele não se preocupa. Corre cada vez mais depressa para alcançar o caminhão à sua frente.

As correntes pesadas de ferro do caminhão batem contra a sua carroceria verde-escura. Chamdi nunca perseguiu um caminhão antes, mas viu outras crianças fazerem isto. Um lótus branco está pintado na parte de trás do caminhão, debaixo das palavras A ÍNDIA É GRANDE. Ele sabe que, se saltar e cair, o concreto da estrada lhe esfolará a pele e quebrará os seus ossos, e esta não será a melhor forma de começar uma nova vida, então se agarra numa corrente com todas as suas forças e usa a estrada para tomar impulso.

Pula para dentro do caminhão de lixo e se vê cercado de restos fermentados de comida. Quando o caminhão faz uma curva, um rato é arrancado de sua refeição e corre sobre o peito de Chamdi. Ele tenta se erguer, entretanto pensa que, se for visto pelo motorista, este poderia se irritar e parar o caminhão. Assim, Chamdi permanece na pilha de lixo. O rato já retornou para o seu pedaço de pão mofado. Há uma rachadura no lado do caminhão, parecida com um buraco grande, e Chamdi rasteja até lá. O caminhão agora ganha velocidade, e o vento atira pedaços de lixo na rua.

A cidade passa, mas Chamdi não pode vê-la em

sua totalidade. Ele a vê aos pedaços, através do buraco. Consegue distinguir lojas pequenas, as portas de aço abaixadas, mendigos que dormem debaixo delas. Cachorros perdidos caminham para uma árvore e alguns deles mancam, mas os outros parecem felizes. Depois de algum tempo, a estrada se torna esburacada. Um pequeno fogo queima em um tambor marrom enquanto trabalhadores fumam *beedis*[1] ali por perto, e uma fila de moradores de favela entra carregando baldes nas mãos. Até então não há nada fora do comum. Nenhum sinal da violência sobre a qual a sra. Sadiq falou, e Chamdi é grato por isso.

Quando o caminhão faz outra curva, Chamdi perde mais uma vez o equilíbrio e o lixo se derrama sobre ele. O garoto cai de costas e é forçado a olhar para o céu. O céu é o mesmo em todos os lugares, ele se tranqüiliza. Não importa quão estranha a cidade possa parecer, ou tornar-se, ele sempre pode olhar para o céu e ver algo familiar. É o mesmo espaço aberto em todos os lugares e pertence a ele tanto quanto a qualquer outro neste mundo.

Sente que agora já está bem longe do orfanato. Quer descer do caminhão, sobretudo para evitar o cheiro, mas seria tolo tentar descer nessa velocidade. Se fosse de dia, o caminhão estaria se arrastando no meio do trânsito. Ele se surpreende de ver como as ruas ficam vazias à noite. O caminhão atravessa uma ponte, e Chamdi pode

---

[1] Tipo de cigarrilha barata, muito comum na Índia. (N.T.)

ver chaminés altas ao redor, tão altas que devem ser amigas das nuvens. Prédios de apartamentos estão tão perto da ponte que ele consegue ver as pessoas em seus quartos — um velho está fazendo a barba em frente a um espelho. Por que ele está fazendo isso no meio da noite? Assim que o caminhão desce a ponte, as estradas se tornam estreitas, e à sua direita dois policiais estão sentados em tamboretes do lado de fora de um *chowki*[2] policial. Um policial tem um *beedi* na boca, enquanto o outro descansa o queixo sobre o cotovelo e parece cochilar.

Enquanto o caminhão enche de fumaça as ruas por onde passa, os policiais vão ficando cada vez menores, até se perderem de vista. Um grupo de quatro ou cinco motocicletas pretas ultrapassa o caminhão. Jovens montam as motocicletas e as suas camisas estão infladas quando aceleram para ultrapassar o caminhão e manobram perigosamente perto um do outro.

Então Chamdi ouve a música. Ela vem de alto-falantes, e ele gosta que, mesmo sendo noite, esteja tocando uma canção. O caminhão reduz a velocidade. Talvez o motorista queira escutar a música. Chamdi se arrisca. Pendura-se ao lado do caminhão e pula para o chão. Mas não está acostumado a pular de um caminhão em movimento, mesmo que o veículo esteja em baixa velocidade, por isso perde o equilíbrio e cai de costas no

[2] Posto policial. (N.T.)

chão. Permanece no chão durante alguns segundos. Nada está quebrado, diz a si mesmo. Nada está quebrado.

O edifício diante dele está iluminado. É um edifício velho, só três andares, mas todos eles têm luzes vermelhas e verdes, lâmpadas minúsculas que piscam de tempos em tempos como que andando ao longo de um fio e até mudando de direção. Alto-falantes na sacada derramam a melhor música indiana que ele já ouviu. Sente que escolheu o lugar certo. Onde há música, há felicidade.

Vê um homem deitado em uma cama com um braço a lhe cobrir os olhos. A visão da cama faz Chamdi se perguntar onde ele dormirá esta noite. Talvez alguma pessoa amável o aloje e lhe ofereça uma refeição. Ele retira o suor do rosto com a mão. O cheiro do lixo se impregnou nele.

A música silencia. As luzes no edifício permanecem acesas, embora agora estejam fixas. Elas se parecem com estrelas verdes e vermelhas coladas ao edifício. Ele gostaria que o orfanato pudesse ter tido luzes como aquelas. Pelo menos teria havido algo para olhar.

Chamdi está preocupado em conseguir comida. Não comeu nada o dia inteiro. Perdeu o jantar porque estava na sala de orações e sem nenhuma fome. Quer saber que horas são; em seguida, dá-se conta de que isso não importa. À sua frente, algumas pessoas sentam-se em círculo, em cadeiras e tamboretes, e todas estão fumando. De vez em quando os homens gritam e o mais velho deles continua tossindo. Chamdi prefere não se aproximar porque não gosta do modo como eles erguem a cabeça cada vez que expiram a fumaça dos cigarros, como se não tivessem nenhum respeito pelo céu, nada.

A janela de um apartamento se abre e uma sacola plástica azul flutua lentamente até o chão. Pousa sobre um riquixá. Chamdi nota que o riquixá não tem pneus. Parece velho e abandonado. Sua estrutura de metal enferrujado está tão firmemente arraigada ao chão que dá a impressão de que o riquixá brotou da própria estrada.

Uma pilha bem arrumada de telhas de cimento se encontra ao lado do riquixá. A pilha é bastante alta, e sobre ela Chamdi distingue dois corpos adormecidos. Parecem meninos da sua idade. Surpreende-se de que eles dêem a impressão de estar confortáveis, embora estejam dormindo numa cama de pedra.

O barulho do motor de um carro faz com que Chamdi se vire. Na estrada principal, um táxi enguiçou. O motorista está empurrando o carro com uma mão e com a outra controla o volante pela janela. O passageiro, um homem, se esforça para empurrar o táxi pela parte de trás, enquanto uma mulher está no assento traseiro do veículo. Um pedaço do seu sári verde está preso na porta.

Dois dos homens que estavam fumando perceberam os problemas com o táxi. Jogam os cigarros ao chão e caminham pela estrada. Quando alcançam o táxi, o motorista entra no carro e os dois homens, juntamente com o passageiro, empurram com força.

Chamdi pensa que com certeza ele também ajudaria se fosse forte o suficiente, se tivesse se alimentado. Ele manca um pouco ao caminhar e, ao erguer o pé, percebe que a sola está sangrando. Lembra-se que, quando correu do orfanato, pisou em cacos de vidro. Pára sob uma fresta de luz que vem de um dos quartos do edifício. Senta-se no chão sob aquela luz e examina a sola do pé. Há alguns cortes, e ele pode ver o vidro. Remove o primeiro fragmento cuidadosamente, então conta quantos restam; há outros quatro, e ele tem todo o tempo do mundo, mas está cansado e faminto. Tenta não pensar em comida. O vidro serve como distração, mas sabe que, quando terminar de extrair todos os pedaços, a fome retornará.

Chamdi diz a si mesmo que deve ser forte. Ele tem dez anos e precisa encontrar o pai. É uma tarefa difícil, portanto não deixará algo tão trivial quanto a fome desencorajá-lo.

O edifício parece diferente de manhã, sem o piscar das luzes verdes e vermelhas. Chamdi pode ver os fios que unem as pequenas lâmpadas e estão pendurados entre um apartamento e outro. As fendas do edifício são visíveis, como se o tivessem perfurado repetidamente. Uma espécie de mato selvagem cresceu por cima dos canos de esgoto.

Chamdi quase não dormiu à noite. A fome não cedeu. Para distrair-se, ele caminha até uma parede branca que exibe o cartaz de um filme onde aparece um policial com óculos escuros segurando uma arma na altura do rosto. A arma brilha como se fosse ela a heroína do filme. Na parede também se vê um adesivo com a ilustração de um tigre.

Ele desvia o olhar do tigre e percebe que há uma torneira na parede. A torneira faz um chiado quando Chamdi a abre, e a água que jorra é fresca. Olha ao redor para ver se alguém está vendo, mas ainda é cedo e a maioria das lojas ainda não abriu. A rua está tranqüila. Recolhe a água com as mãos em concha e bebe, mas este processo é muito lento, portanto ele se abaixa, põe a boca debaixo da torneira e engole toda a água que consegue agüentar. Faz uma pausa por um instante porque bebeu demais e muito rapidamente, e aproveita para olhar um carro de boi na estrada principal que carrega um volumoso bloco de gelo coberto por serragem. Então ele bebe mais uma vez e, quando se dá por satisfeito, põe a cabeça embaixo da torneira, molha o cabelo e esfrega o rosto; por fim, lava os pés, esfregando a sola de um pé sobre o outro de forma a retirar qualquer pedaço de vidro que ainda possa estar ali.

Decide andar pelo seu novo bairro. Logo alcança o local onde à noite os homens tinham se sentado em círculo fumando e lançando a fumaça para o céu, e agora ele vê um par de tamboretes de madeira do lado de fora, na rua. Uma fila de motocicletas está estacionada ali perto. Ele também pode ver o riquixá abandonado. Parece até mais velho à luz do dia e tem um amassado enorme de um lado, lembrança de algum acidente.

Na estrada principal, onde o táxi tinha enguiçado à noite, dois coqueiros altos sobressaem sobre as luminárias da rua. Eles não balançam, porque não há vento. Também há um ponto de ônibus, e um homem se apóia contra a estrutura do abrigo do ponto do ônibus e esfrega as sobrancelhas com um lenço. Atrás do ponto de ônibus, em frente às portas de uma loja fechada, está um vendedor de revistas. Ele pendurou as revistas numa corda amarrada em forma de varal entre dois canos do prédio. Chamdi aprecia a maneira como as revistas se movimentam, como se estivessem se preparando para voar para longe.

Está diante do edifício mais uma vez. Embora as paredes pareçam velhas e cansadas, as janelas dos apartamentos são cheias de cores. Alguns batentes das janelas foram pintados de cor-de-rosa e o vidro é azul. Varais exibem toalhas vermelhas e lençóis verdes. Um pequeno balde vermelho também está pendurado num varal, e Chamdi considera estranho que alguém pendure um balde.

No andar térreo do edifício há um pequeno *mandir*.[3] Chamdi sabe que se trata de um templo porque, embora o edifício seja marrom, esta parte é pintada de laranja. Ainda do lado de fora, vê-se uma velha vendendo guirlandas. Ela está sentada num pequeno banco e tece juntos belos cravos e lírios brancos. Quando termina uma guirlanda, ela a pendura com um fio no telhado de seu quiosque. Chamdi gostaria de saber quantas guirlandas ela consegue fazer. No fim, uma cortina de guirlandas vai escondê-la e ela terá que se enfiar entre elas para falar com os clientes. Mas a velha não olha para ele.

Em frente há uma loja de *beedi*. Chamdi tenta não se fixar no pacote de pão que é colocado numa das jarras de vidro, ou nos biscoitos de polvilho dentro das jarras. Vira a cabeça e caminha rapidamente em direção ao dispensário de um doutor. Sabe que se trata de um dispensário por causa da cruz vermelha pintada sobre uma tábua branca. Chamdi sabe que os nomes escritos sobre a tábua são os das doenças que o doutor sabe curar. Ele se pergunta se um médico listaria uma doença que não pode curar. Espero nunca precisar de um médico, ele pensa.

Chamdi percebe que é importante observar o seu novo bairro. Afinal de contas, conhecia cada palmo do

---

3 Templo hindu. (N.T.)

orfanato. Volta para trás, em direção ao templo, na esperança de que a pessoa encarregada seja suficientemente gentil para lhe dar algo de comer.

Mas a porta do *mandir* está fechada. Com um cadeado de ferro. Ele olha pelas grades de ferro da janela. Desta vez, a velha que faz guirlandas percebe sua presença. Ela joga fora um cravo sobre o chão. Chamdi está a ponto de pegá-lo, mas o cravo cai num bueiro.

Ele espia novamente pela janela do *mandir* para ver rapidamente qual é o deus que está lá dentro, mas não há luz suficiente. Como pode aquele ídolo ser um deus se não consegue sequer prover algo tão simples quanto uma luz para si mesmo? Mas sente que lá dentro está mais quente, assim o deus deve ter ao menos um coração morno.

Um homem desce apressadamente os degraus do edifício do *mandir* carregando uma pasta preta nas mãos. O seu cabelo está brilhante de óleo e tem uma risca do lado. O homem olha para o seu pulso e apressa-se, mas Chamdi nota que ele não está usando nenhum relógio.

Mais uma vez a fome mostra suas garras. Algo lhe diz que deve comer logo ou ficará tonto e enjoado. Não está acostumado a ficar sem se alimentar e está fraco para começar agora e, embora lhe servissem sempre a mesma comida todos os dias no orfanato, pelo menos ela lhe dava energia. A fome lhe diz que, embora as suas costelas fiquem ressaltadas sob o colete branco, ao menos permanecem dentro do seu corpo, mas, se ele não comer hoje, então as costelas se tornarão mais salientes e, enquanto estiver dormindo, elas lhe perfurarão a carne e se mostrarão para todo o mundo e o seu novo bairro ficará horrorizado pela visão *do menino cujas costelas se tornaram dentes de elefante e saíram do seu corpo.*

Chamdi inspira profundamente e caminha para a loja de *beedi.* Quando alcança o balcão de madeira, estuda a expressão do *beediwala.*[4] É pequeno e tem resíduos brancos sobre o queixo e as bochechas. É quase tão frágil quanto Chamdi. Chamdi pergunta-se que desculpa tem o *beediwala* para ser assim quando ele possui uma loja inteira cheia de doces, pães e cigarros. Ocorre-lhe, entretanto, que talvez seja por isto que o homem é tão magro. Em vez de comer, ele deve passar todo o tempo fumando.

"O que você quer?", pergunta o *beediwala.*

"Eu... você pode me dar algo para comer, por favor?"

"Você tem dinheiro?"

"Não... eu não tenho dinheiro, mas até um pedaço de pão serve."

"Você não tem dinheiro?"

"Não."

"Mas até um pedaço de pão serve?"

---

4 Dono de tabacaria. (N.T.)

"Eu não como desde ontem."

"Está bem. Pegue o que quiser."

Por um momento, Chamdi não pode acreditar no que ouve.

"Leve o que quiser", o *beediwala* repete. "Você quer biscoitos?"

Antes que Chamdi possa responder, o homem tenta abrir a tampa do jarro de vidro com biscoitos. Ele faz um pouco de força, mas a tampa está presa, e Chamdi espera que a tampa se abra logo antes que o homem mude de idéia. Depois de alguns segundos, a tampa se abre.

"Vá em frente", diz o homem. "Pegue."

"Quantos eu posso pegar?", pergunta Chamdi.

"Pegue quantos quiser."

"Eu vou pegar três, por favor", diz Chamdi.

"Pegue, pegue."

Chamdi põe a mão dentro do jarro de vidro. O homem bate a tampa do jarro sobre o pulso de Chamdi.

Chamdi grita de dor.

"Você, seu pequeno ladrão!", grita o homem. "Primeiro rouba de minha loja e depois vem me pedir?"

Chamdi está confuso e, enquanto isso, a dor na mão continua.

"Ontem um de vocês, cachorros, roubou óleo de mim! Se você chegar novamente perto desta loja, eu o esfolarei vivo!"

Chamdi vê a raiva no rosto do homem, por isso, nem sequer tenta se defender. Simplesmente corre para longe do *beediwala*, para além do templo, sem nem mesmo olhar para o deus que está lá dentro, até que pára ao lado da torneira de água. O seu pulso dói. Seu primeiro dia na cidade e ele recebeu palavras ofensivas em vez de encorajamentos. Talvez os cigarros que o homem fumou tenham danificado o seu coração e é por isso que ele se comporta daquela maneira tão agressiva. De repente, Chamdi se sente muito cansado. Senta-se debaixo da torneira e deixa a água escorrer sobre a sua cabeça. A água tem a frescura da chuva.

A torneira engasga e a água deixa de jorrar.

QUATRO

O sol queima o pescoço de Chamdi e provoca gotas de suor que lhe escorrem pelas costas. Ele quer sentar-se debaixo da sombra do telhado de uma loja ou de uma árvore, mas agora entendeu que, para poder comer, tem que encontrar algum trabalho.

Assim, procura as lojas ao redor para ver se há algum lugar onde poderia trabalhar como faxineiro. Chamdi via Jyoti varrer o orfanato e, sempre que ela faltava ao trabalho, ajudava a sra. Sadiq na limpeza, portanto sabe como fazer. Pára diante do Novo Café e Restaurante Shirin: a Casa de Mughlai, Punjabi e Comida Chinesa. Mas o homem calvo sentado atrás do balcão está gritando com os funcionários do restaurante. Seria uma má hora para lhe oferecer seus serviços.

O próximo estabelecimento, Coleções de Pushparn, uma loja de roupas com ar-condicionado, está fora de questão porque ele tem receio de entrar ali. O seu colete branco tem alguns buracos e não é lavado há mais de uma semana. E mesmo o *short* marrom que está usando necessita de uma troca de elástico.

Enquanto Chamdi puxa seu *short* para cima, observa um velho que lê um anúncio num quadro-negro colocado na rua. O anúncio está escrito em *Marathi*,[1] por isso Chamdi não entende as palavras, mas ele observa novamente o símbolo do tigre. Depois de ler o anúncio, o velho sobe os degraus da loja de bebidas Pooja.[2] O velho não diz nada ao entrar na loja, mas parece freqüentar o lugar regularmente porque, no instante em que o vê, o lojista deixa o balcão e volta com uma garrafa de bebida alcoólica. O lojista põe a garrafa numa sacola de papel marrom. O velho esconde a bebida em uma bolsa e Chamdi se pergunta se é porque ele tem vergonha de carregar a garrafa abertamente. As fileiras de garrafas que estão bem empilhadas no mostruário fazem com que Chamdi se lembre de Raman. Se Raman fosse contar quantas garrafas já bebeu durante toda a vida, o número talvez fosse maior do que as que estão armazenadas nesta loja. Há um grande relógio antigo na loja, semelhante ao do orfanato. São três horas ali. Que horas serão no orfanato?

---

1 A quarta língua mais falada na Índia. (N.T.)

2 Marca de bebidas. (N.T.)

No momento em que Chamdi pensa isto, ele se sente meio estúpido. Sabe que é a mesma hora em ambos os lugares, mas o orfanato parece existir numa terra diferente.

Perto da loja de bebidas Pooja há um outro estabelecimento comercial, mas as portas de aço estão abaixadas. Um velho mendigo alojou-se do lado de fora. Ele dorme sobre um grande saco de juta e numa tigela de metal próxima de sua cabeça vêem-se algumas moedas. O sol forte bate no rosto do mendigo e ele revida piscando com igual vigor. Embora as moscas lhe cubram as bochechas, parece não se preocupar. Os seus olhos estão abertos e ele está tentando se levantar, mas não tem forças para tanto. Chamdi quer ajudá-lo, mas tem medo de que, se o velho estiver furioso, possa querer lhe bater. Chamdi não quer correr o risco, porque já foi acusado de ser ladrão.

Caminha de volta até a torneira de água e ultrapassa o *mandir*.

A janela do dispensário do doutor está protegida por uma grade de ferro. Parece uma grande gaiola marrom. Talvez as pessoas o arrombem à noite e roubem remédios. Chamdi se sente triste pelos pacientes do doutor. Sempre que Chamdi tem febre, ele odeia não poder ver o céu. O azul do céu é o remédio ideal para olhos que ardem.

Deseja saber por que o dispensário ainda não abriu. Talvez o doutor esteja doente. Então ele seria completamente inútil. Chamdi lembra quando a sra. Sadiq tinha tosses terríveis e era forçada a ficar de cama por alguns dias. Se alguma das crianças estivesse doente na ocasião, não teriam ninguém para confortá-las.

Chamdi não quer pensar no orfanato, então caminha para longe do dispensário. Mas, ao fazer isso, sente-se atordoado. De repente, ele cai. Ouve a buzina de uma bicicleta tocar ruidosamente em seu ouvido e tenta se levantar, mas não consegue. O ciclista se desvia a tempo. "Cachorro cego!", ele grita para Chamdi. Chamdi também o amaldiçoa, mas se amaldiçoa por ser tão delicado, por não ser homem suficiente para ficar sem comida mesmo só por um dia. É o calor, diz a si mesmo. Implora ao céu pela chuva, mas sabe que é um pedido inútil.

Chamdi pode ver a água cair diante de si. Não deve desmaiar no meio da rua. Precisa alcançar a torneira de água. Apóia ambas as mãos sobre o leito da rua e tenta ficar em pé. A torneira rodopia à sua frente. Ele a alcança e se agarra a ela para manter o equilíbrio.

Afortunadamente, a água voltou. Só esta visão lhe dá forças. Chamdi bebe tanta água quanto pode e diz para si mesmo que o estômago está cheio. Se convencer o seu estômago de que está cheio, ele poderá ficar de pé. E não estará mentindo, pois o seu estômago estará verdadeiramente cheio de água.

Mas, embora a sede de Chamdi esteja saciada, a fome o deixa fraco e, da mesma maneira que na noite anterior, senta-se ao lado da torneira de água e fecha os olhos, atento aos sons da rua. Não faz idéia de como o som o ajudará, mas, uma vez que os seus olhos estão fechados, o som é tudo o que ele tem. A princípio, ele se agita porque a rua oferece muitos sons ao mesmo tempo. Mas, assim que ouve a buzina de uma bicicleta, sabe o que deve fazer; tem que usar aquele som para viajar, deve permitir que aquele trim-trim o levante e o leve para onde quer que a buzina vá, seja pelas ruas calçadas da cidade ou pelos pequenos caminhos de cascalho ou ruelas. E Chamdi sente que está se elevando, apesar de sua mente lhe dizer que tal coisa não é possível, mas ele manda a mente para o inferno e o som da buzina da bicicleta se esvai ao longe; em seu lugar, ouve-se uma buzina que lembra um rinoceronte berrando de dor, contudo é suficientemente poderosa para levá-lo para longe da torneira e do cartaz do filme acima dela, e ele fecha os olhos e sorri porque agora a buzina é substituída por uma outra, de caminhão, que se parece com os gritos de dez rinocerontes juntos, e ele sabe que usará estes sons para viajar tão longe que nem sequer o policial do cartaz de cinema acostumado a perseguir os bandidos poderá pegá-lo, e ele diz a si mesmo que, se tiver sorte, a sua fome também não poderá alcançá-lo.

As pequeninas lâmpadas vermelhas e verdes não estão acesas. Sem elas, o edifício confunde-se com o céu empoeirado. É uma noite sem vento; assim, as camisas, calças, lençóis, toalhas e roupas íntimas penduradas para secar nos varais permanecem imóveis. Os varais estão vergados com o peso das roupas. Chamdi sente falta das luzes. Agradava-lhe ver como elas dançavam entre um edifício e outro. Remendos pretos de piche são visíveis no edifício. Imagina qual é a idade daquela construção e se as pessoas que nasceram nela ainda vivem ali. É possível ficar no mesmo lugar a vida inteira? Pensa essas coisas com o propósito de se esquecer da fome. Esta será a sua segunda noite sem comida.

Senta-se perto da torneira de água e observa a estrada principal. Um táxi está passando, o braço direito do motorista apoiado fora do carro, segurando um cigarro, enquanto guia com a outra mão. Chamdi ouve o barulho de uma moto ao passar em grande velocidade, a mulher que guia a moto ouve os impropérios que o motorista do táxi lhe dirige e responde no mesmo tom.

Um ônibus de carroceria dupla da BEST se aproxima sacolejando pela estrada principal. As luzes brancas dentro do ônibus são luminosas e, como já é noite avançada, o veículo está quase vazio. Um homem com uma longa barba adormeceu com a cabeça no encosto do assento à sua frente. Chamdi se pergunta se o homem passou o seu ponto.

Retira o pano branco que mantém amarrado no pescoço e o estende sobre o chão da rua, sem se preocupar se o pano ficará sujo. Além das três gotas de sangue, ele está encharcado de suor. Apóia a cabeça sobre o pano e deixa-se ficar ali deitado. Cada vez que seus olhos se fecham, o estômago os faz reabrir com uma dor sombria.

Quando ouve o som de um caminhão, lembra-se do caminhão de lixo de menos de vinte e quatro horas atrás. Poderia ter trazido algum pão do orfanato. A sra. Sadiq teria entendido. Neste momento todas as crianças ainda devem estar adormecidas. Ele inalou a fumaça dos carros durante todo o dia e pensa em Pushpa, em como ela não conseguiria respirar se vivesse na rua.

Então os olhos de Chamdi se fecham sozinhos, sem que ele os force, e as imagens ficam girando em sua cabeça: os pombos nos muros do orfanato, as pétalas das buganvílias que balançam diante de seu rosto e Jesus. Gostaria de saber se Jesus ficou sabendo que ele deixou o orfanato. Ele não teve a chance de dizer adeus. Mas nos próximos dias, quando Chamdi não aparecer para fazer as orações, Jesus perceberá que ele foi embora.

Chamdi sente algo úmido na orelha. Abre os olhos e vê um cachorro. O animal fica parado diante dele por um momento com o pano branco na boca e então começa a correr e, com o estômago vazio e com sono Chamdi tem de perseguir o cachorro porque a única coisa que o conecta com o pai é aquele pedaço de pano.

Embora o cachorro não seja rápido e Chamdi normalmente seja um bom corredor, ele tem dificuldade em manter o ritmo do animal. Consegue avistá-lo debaixo da iluminação da rua, o pêlo de seu dorso brilhando quando vira uma esquina. As três gotas de sangue que poderiam pertencer ao pai lhe dão forças e ele se lança para a frente, só para descobrir que o cachorro não está em nenhum lugar. Edifícios velhos de dois andares o cercam e o cachorro poderia ter entrado em qualquer beco — à noite é impossível descobrir.

Chamdi se inclina e expele um pouco de bílis. Faz um som parecido com o de um animal doente. Esfrega a boca com a mão e em seguida a limpa no *short* marrom. Ele ouve um lamento. O cachorro está perto de um recipiente de lixo enorme atrás de um edifício. Ainda segura o pano branco entre os dentes, mas está tentando escalar o recipiente, que é alto demais. Chamdi rasteja atrás do cachorro, mas este percebe a sua presença. Ele estira os braços o máximo possível. O cachorro contrai os músculos como se estivesse a ponto de atacá-lo, e Chamdi percebe como o cachorro é magro e sujo. Ele coloca uma sacola plástica azul no chão. Parece molhada, como se contivesse algo. Apanha a sacola plástica e a oferece ao animal, que não se move. Chamdi assobia suavemente e sacode a sacola plástica perto da boca do cachorro. Então, atira a bolsa para o ar. O cachorro pula e solta o pano branco no chão. Chamdi agarra o pano enquanto o cachorro cheira a bolsa suja. Ele deixa o animal arquejando na escuridão com a língua de fora.

Nunca mais vou tirar este pano do pescoço enquanto não encontrar o meu pai, promete a si mesmo.

Ao amarrar mais uma vez o pano ao redor do pescoço, Chamdi sente que alguém o está observando. Olha ao redor só para ver um rato que entra em um tubo de esgoto. Se Dhondu, o menino-fantasma, estivesse ali, ele insistiria em dizer que um fantasma o estava seguindo. Chamdi aperta o nó do pano ao redor do pescoço e começa a andar.

Encontra um barril no meio da estrada. Está cheio de piche. Se tivesse forças, ele o empurraria para o lado. Ignora o barril e espera que ninguém bata nele. Ouve alguém tossir. É uma tosse muito carregada, do tipo que só pode vir de uma pessoa doente. Olha à sua esquerda e vê luz num apartamento. A tosse o faz lembrar-se imediatamente da sra. Sadiq, e ele sabe que ela não está doente, mas a perda do orfanato a fez envelhecer muito nas últimas semanas. Chamdi faz uma oração curta a Jesus pela sra. Sadiq, mas a única resposta que obtém é a da heroína de um filme indiano que o encara de um cartaz. Os olhos dela são do tamanho de luas.

Uma vez mais, Chamdi tem a impressão de que

alguém está atrás dele, mas continua olhando para o cartaz e observa como a pele da heroína brilha, mesmo na escuridão. Pode ler o nome do cinema: Dreamland. Grandes vitrines de vidro mostram cartazes e fotografias do filme em exibição. Ele se aproxima para dar uma olhada. Um homem de roupas pretas sai das chamas de um caminhão que acabou de explodir. Uma mãe segura seu filho apertado nos braços e encara um jovem que aponta furiosamente uma arma para eles. Um inspetor de polícia está suspenso no ar a alguma distância acima da motocicleta que está saltando sobre um jipe. Chamdi fica surpreso ao perceber que o inspetor de polícia é uma mulher.

Chamdi ouve passos atrás de si. Ele tinha razão: alguém o está seguindo. Lembra-se do que a sra. Sadiq dizia sobre Bombaim, que a cidade não é mais segura. Mas por que alguém o prejudicaria? A sra. Sadiq só os estava assustando porque não queria que deixassem o orfanato e saíssem às ruas.

Notou um anúncio luminoso piscando à frente. O vapor se ergue em direção da luz. É uma banca de comida. Há um velho que cozinha algo num prato de ferro. O homem está sem clientes, então Chamdi caminha em sua direção. Embora ainda não sinta o cheiro, o estômago de Chamdi se agita raivosamente. Anda a passos cada vez mais largos, e lembra-se de se aproximar corretamente, ser cortês e pedir comida.

Assim que chega perto da banca de comida, Chamdi ouve uma voz atrás de si: "Não adianta".

Chamdi volta-se para trás. É uma menina, quase da sua altura. Ela usa um vestido marrom desbotado, grande demais para o seu tamanho, e seus pés estão descalços. Traz pulseiras de plástico laranja nos pulsos e o cabelo lhe encobre a testa quando ela inclina a cabeça para um lado.

"Não adianta", ela repete.

"Você estava me seguindo?", Chamdi pergunta.

A rua lateral está tranqüila. Só a buzina longe, abafada, pode ser ouvida junto com o ofegar do motor quando o carro muda de marcha.

"Aquele velho não lhe dará comida", diz a menina.

"Como você sabe que eu queria comida?"

"Olhe para você. Eu nunca vi alguém tão magro em minha vida. Você deve estar sem comer há semanas."

Chamdi quer retrucar que não faz tanto tempo assim desde que comeu pela última vez. Ele gostaria de não ser tão magro.

"Por que você estava me seguindo?", ele pergunta.

Ela o examina de cima a baixo, inspeciona cada polegada do corpo dele, e de repente Chamdi se sente muito desajeitado, como se fosse o único menino em toda Bombaim. Quer tomar água, porque ele pode beber litros e litros dela e encher-se completamente, mas a torneira está longe.

"Venha comigo", diz a menina.

"Aonde?"

Ela se vira e começa a andar. Chamdi não sabe o que fazer. Quer algo para comer, e então olha para a banca de comida novamente e se pergunta se deveria pedir ao velho um pouco de tudo aquilo que ele está cozinhando.

"Aquele velho é mau. Ele não lhe dará nada", diz a menina. "Mas eu sim."

Chamdi acredita nela. Não sabe por que se sente assim, mas reconhece que faz tempo que ninguém é amável com ele. Talvez a sua sorte esteja a ponto de mudar. Por isso ele a segue, enquanto a menina se dirige para uma ruela estreita entre dois edifícios. Chamdi olha para o céu. Sabe que há lua, mas ela está encoberta pelas nuvens. As paredes dos edifícios ao redor dele têm uma cor azul-escura.

"Olhe para baixo e caminhe", diz a menina.

"Por quê?"

"Você poderia pisar em alguém."

Chamdi olha para baixo e vê que há pessoas dormindo sob o céu aberto, e ninguém se agita ou se revira. Devem estar em paz, ele pensa. Ou talvez elas tenham demasiado medo de se mover porque estão presas a algum pesadelo.

Antes de se dar conta, a menina o conduziu novamente para a estrada principal. Ele está a uma pequena distância da loja de bebidas Pooja. Assim que pisa na calçada, os faróis lhe ofuscam o rosto e ele perde o equilíbrio. A súbita luz nos olhos o faz lembrar-se do seu estômago vazio. Pensava que os olhos e o estômago não tivessem nenhuma conexão, mas estava errado.

"Sente-se", diz a menina. "Eu já volto."

Mas, assim que ela se vira para partir, um menino aparece. Ele está sem camisa e a sua pele é muito lisa. O cabelo é curto, rente ao couro cabeludo. Uma cicatriz funda vai do seu lábio direito até a orelha. Chamdi nota com horror que lhe falta parte da orelha direita. Ele deve ser dois ou três anos mais velho que Chamdi. Este menino também é magro, mas é como se as ruas o tivessem tornado forte. As suas calças marrons estão enroladas até os tornozelos.

"Quem é este?", pergunta o menino.

A menina sussurra algo na orelha dele, em seguida se afasta.

"Ah, sim", diz o menino. "Ele é perfeito. Tão franzino."

"Eu não sou franzino", diz Chamdi claramente. Mas se sente estúpido no momento em que diz isso. Claro que ele está magro. Os meninos do *koyba* no orfanato o chamavam de bengala. Mas isso não incomodava Chamdi porque nos seus sonhos essa mesma bengala se transformava em um bastão que reduzia os meninos do *koyba* a uma polpa.

O menino põe a mão no bolso e retira um *beedi.* Ele o acende com um fósforo, mas não joga o palito fora. Recoloca o palito usado no bolso e sopra a fumaça para o céu da mesma maneira que os homens faziam na noite anterior. Chamdi deseja saber por que este menino fuma e por que ele levanta o queixo e sopra a fumaça para cima como se ela tivesse uma escolha sobre como viajar.

"Então você está com fome?", o menino pergunta.

"Sim", diz Chamdi.

"Mas nós não temos mais comida. Comemos tudo."

O menino inala o *beedi* profundamente e, assim que ele o afasta da boca, a ponta do *beedi* faz os seus olhos pretos arderem por um instante. Seus olhos pretos são estreitos, diferentes dos de Chamdi.

"Então, de onde você é?", pergunta o menino.

"Daqui." Chamdi decide não contar a verdade para o menino. Ele não quer demonstrar que é novo nas ruas.

"Daqui? O que quer dizer..."

"Eu vivo nas ruas. Assim como você."

O menino estende o *beedi* para Chamdi.

"Não", diz Chamdi. "Eu não fumo."

"Você não fuma? Você é homem ou o quê?"

"Eu deixei de fumar."

"Então, de onde você é?"

"Eu já lhe falei. Eu vivo só nesta estrada."

"Oh? Qual é o nome desta estrada?"

"Eu a chamo de qualquer nome de que eu gosto. O que importa um nome?"

Chamdi não gosta do sorriso do menino. Ele sabe que o menino o está testando.

"Se você me disser o nome exato desta estrada, eu lhe darei algo para comer", diz o menino.

"Você disse que não tinha mais comida."

"Eu menti."

Ele sopra a fumaça uma vez mais. O *beedi* está na metade.

"Eu estou esperando", diz o menino.

"Kutta Gulley", diz Chamdi.

"Você sabe que este não é o nome."

"É o nome que eu lhe dei. Porque este *gulley*[3] está cheio de cachorros vadios."

"Você é inteligente", diz o menino. Mas não olha para Chamdi. Olha para o *beedi* e observa que está mais curto. "Você pode correr?", o menino pergunta.

"Qualquer um pode correr", diz Chamdi.

"Eu não", diz o menino.

"Por que não?"

"Eu vou lhe mostrar."

O menino atira o *beedi* ao chão e usa o pé nu para apagar o toco da cigarrilha. Então tira o palito de fósforo usado do seu bolso e o coloca entre os dentes. No instante em que ele começa a andar, Chamdi entende por que o menino não pode correr. Sua perna direita é inanimada e isso o força

---

3 Beco. (N.T.)

a caminhar coxeando. Ele segura a perna com a mão direita e então tenta correr; dessa forma, coxia ridiculamente e sorri com orgulho, como se fosse um palhaço que representa para Chamdi. Depois de alguns passos, tira o palito de fósforo da boca e pergunta: "Então, que tal?". Chamdi quer dizer que foi maravilhoso, e realmente foi, mas decide que não conhece o suficiente aquele menino para rir da sua deformidade.

"Você nunca sorri?", pergunta o menino. "Ou o seu rosto é como a minha perna? Sem vida?"

"Eu não o conheço bem", diz Chamdi.

"Mas você disse há pouco que nós compartilhamos o mesmo endereço, não é? Então como é que você não me conhece?" Ele analisa o corpo de Chamdi, da mesma maneira que a menina fez.

"Meu nome é Sumdi", o menino diz. "E aquela era a minha irmã, Guddi."

"Sumdi e Guddi."

"Isso mesmo."

"O que aconteceu com a sua perna?"

"Então agora você pensa que pode me fazer perguntas só porque sabe o meu nome?"

"Eu pensei..."

"Ora, estou brincando com você. Eu lhe contarei o que aconteceu com a minha perna. Pólio. Mas que diferença faz? É só um nome."

"Como Kutta Gulley", diz Chamdi.

"Kutta Gulley!", gritou o menino. "Gostei. Então, qual é o seu nome?"

Antes que Chamdi possa responder, a menina aparece novamente. Ela segura um copo fumegante de *chai*[4] na mão. Chamdi pode dizer pela cor que o *chai* tem muito leite. Ela segura uma fatia de pão na outra mão e, embora o pão não pareça fresco, Chamdi não se importa. Levanta-se e agarra o pedaço de pão. Coloca-o na boca e aprecia o sabor, mas não por muito tempo, porque a garganta engole o pedaço de pão com força e o envia ao estômago.

Em seguida, toma o *chai*. A sua mão treme quando leva o copo à boca. Assopra um par de vezes para esfriá-lo um pouco e toma o primeiro gole. O *chai* tem um gosto insípido, mas o seu calor o aquece prontamente. Quer pedir um pouco de açúcar, mas lembra que não está mais no orfanato.

Chamdi sabe que está sendo estudado por Sumdi, enquanto Guddi fica atrás do irmão.

"Ele é perfeito", diz Sumdi novamente. "Ele é tão magro."

"Esperemos que ele possa correr bem rápido", diz Guddi.

"Eu posso correr rápido", diz Chamdi, embora não faça nenhuma idéia de por que ele precisa demonstrar.

"Mostre para nós", diz Guddi.

---

[4] Chá. (N.T.)

"Agora?"

"Sim", ela diz.

"Eu não tenho forças para correr agora", diz Chamdi.

Chamdi não gosta desta conversa sobre correr. O pai dele ficou conhecido por ser também um corredor. Ele se lembra das palavras da sra. Sadiq: *ele correu de você como se você fosse um fantasma...* Ou talvez ela não tenha dito isso, mas esse foi o sentido que ela lhe passou, que foi ele que fez o pai correr. E agora estes dois estão perguntando se ele pode correr e não parece que nada de bom pode vir daí. Mas pelo menos eles acalmaram o seu estômago.

"Você precisa de um lugar para dormir?", pergunta Sumdi.

"Sim", diz Chamdi.

"Pergunte o nome dele", diz Guddi.

Chamdi não gosta do fato de que ela não fala mais diretamente com ele. Ela nem mesmo olha para ele.

"Qual é o seu nome?", pergunta Sumdi.

"Chamdi."

"Como?"

"Chamdi."

"Que nome estranho. Mas eu gosto dele. Você sabe por que eu gosto? Ele soa como o meu. Sumdi. Sumdi e Chamdi. Nós vamos fazer uma boa equipe."

Sumdi se aproxima mancando de Chamdi e põe o braço ao redor dele.

"Nós seremos uma boa equipe. Eu sei disso."

"Eu trabalho sozinho", diz Chamdi.

Não tem nenhuma idéia do que quer dizer com isso, mas quer, assim, provar a Sumdi que ele é um homem das ruas. Guddi ri.

"Ele fala como num filme indiano", ela diz. "E olhe só para o lenço que ele usa no pescoço apesar deste calor. Foi má idéia minha trazê-lo."

"Eu vou treiná-lo", diz Sumdi. "Venha conosco, Chamdi. Nosso lugar é embaixo de uma árvore."

E Chamdi segue Sumdi porque esta é a coisa mais sensata que Sumdi disse durante toda a noite, que o lugar deles é embaixo de uma árvore. Chamdi nota que a árvore em questão é extremamente imóvel. Nem uma única folha se move. O que é estranho nesta árvore é que ela parece surgir da própria calçada de cimento. Quando chega mais perto, pode ver terra ao redor das raízes. Supõe que a árvore deve ser muito velha e a calçada deve ter sido construída ao redor dela. Preso ao tronco há um abrigo provisório construído com sacos de aniagem, papelão e vários tipos de materiais que foram juntados. Algumas varas de bambus e cordas sustentam os sacos de aniagem. Chamdi pode ver duas tigelas de aço, um pacote de pão ainda com quatro fatias, uma caixa de lata enferrujada e um fogão de querosene pequeno. Também há uma caixa de madeira velha com o símbolo Om rabiscado nela.

"Bem-vindo ao nosso pequeno *kholi*",[5] diz Sumdi.

Guddi se deita no chão debaixo do abrigo dos sacos de aniagem. Esfrega os dedos dos pés e faz caretas. Sumdi também se deita na calçada. Cruza os braços atrás do pescoço e olha fixamente para o céu.

Chamdi imita as ações de Sumdi cuidadosamente. O problema é que os olhos de Sumdi agora estão fechados e parece que ele estará dormindo em alguns minutos. Chamdi sabe que será difícil para ele dormir esta noite. O orfanato lhe oferecia uma cama e lençóis limpos. Aqui, a calçada é irregular, e pedras e sujeira lhe incomodam as costas. Tudo que pode fazer é olhar fixamente para o céu e esperar que o seu negrume lhe traga o sono.

Então ele se pergunta se o céu é o lugar onde vive sua mãe.

Este pensamento não é novo para ele, mas nesta noite ele acredita verdadeiramente nisso. Esta é a única razão pela qual meu pai me deixou, ele pensa. Eu o fazia lembrar-se de minha mãe. Ela agora mora no céu. Algum dia, ela se mostrará para mim.

Chamdi fita a escuridão e traça a forma do corpo da mãe. De uma estrela para a próxima, ele desenha linhas, conecta-as com pele e carne. Escolhe a estrela maior para ser a cabeça da mãe e acrescenta tranças de cabelos pretos, como sempre imaginou que ela costumasse usar. Não

5 Quitinete. (N.T.)

se utiliza de estrelas para os olhos porque, no passado, sonhou com ela e nos sonhos viu que os olhos dela eram exatamente como os seus, grandes e brilhantes, e ele mantém esta imagem no céu.

Logo os seus olhos se fecham e ele pode ouvir a respiração de Bombaim, buzinas de carros, o arquejo de cachorros e mais alguma coisa: o som do gemido de uma mulher.

Sim, fica bem claro para ele que está ouvindo uma mulher gemer.

Ele se apóia sobre os cotovelos e vê uma forma no chão, apoiada contra a parede do edifício do lado oposto ao local em que ele se encontra. É muito escuro para identificar do que se trata, mas não há nenhuma dúvida de que a pessoa está com dor. Ele olha para Sumdi e Guddi. Será que deveria despertá-los?

Se eu os acordar, eles podem pensar que tenho medo, cogita.

Mas Chamdi não pode ignorar o gemido. Ele se levanta e lentamente caminha até a pessoa. Estremece ao pisar em algo afiado e espera que não seja nenhum vidro porque já tem bastante vidro em seu corpo. Ele olha, é a tampa vermelha de uma garrafa de refrigerante. Quando se aproxima da mulher, percebe que os olhos dela estão fechados e que ela apóia a cabeça contra a parede. A mulher fala consigo mesma, mas Chamdi não consegue entender o que ela está dizendo.

No instante em que está a ponto de tocar o ombro dela para acalmá-la, ele fica paralisado. Há um bebê no colo da mulher, só tem alguns meses, e está completamente imóvel. O rosto da mulher está todo sujo e, quando Chamdi olha de perto, percebe que há falhas no cabelo dela. Ela continua gemendo com os olhos fechados.

Chamdi está tão perto da mulher que pode ouvir a sua respiração. Há pregas junto dos seus olhos e rugas escurecidas com suor e sujeira. A boca dela está seca e pálida. Chamdi olha para a criança nua. Toca a face da criança com o dedo indicador. Ela não se move. Volte a dormir, ele diz para si mesmo. Com o dedo tremendo, cutuca a criança novamente, desta vez no umbigo. Nada.

"O que você está fazendo?", pergunta Sumdi.

Chamdi se volta para ele.

"Não tenha medo, sou só eu."

"Eu não estou com medo."

"O que você está fazendo?"

"Eu estava só... eu penso que este bebê está... não está bem."

Sumdi não parece alarmado pela visão da mulher ou o bebê no colo dela. "Volte a dormir", ele diz.

"Mas o bebê não está respirando."

Sumdi põe o dedo dele perto da boca do bebê. "Eu posso sentir sua respiração", ele diz. "Está dormindo. Não se preocupe."

Então Sumdi segura o rosto da mulher em suas mãos. "Amma", ele lhe diz.

Gentilmente sacode o rosto da mulher algumas vezes e ela pára de gemer.

"Você a conhece?", pergunta Chamdi.

Sumdi põe a sua mão sobre o ombro de Chamdi e o conduz de volta ao *kholi*. Chamdi deseja saber se Sumdi faz isto para se apoiar por causa da perna machucada ou se é um sinal de amizade.

"Vá dormir. Nós temos trabalho para fazer amanhã", diz Sumdi.

"Que trabalho?"

"Amanhã eu lhe mostro."

Tornam a se deitar na calçada.

"Chamdi", diz Sumdi.

"Diga."

"Você pode correr bem rápido, não é?"

"Por que você continua me perguntando isso?"

"Só me responda. Por favor."

"Sim. Eu posso correr rápido."

"Muito bem", diz Sumdi.

E Sumdi fecha os olhos. A sua mão toca a da irmã, que ainda está dormindo, e ela se mexe um pouco, mas o toque não a desperta. E os pensamentos de Chamdi ainda estão com a mulher. Deseja saber por que está gemendo e sobre o que ela fala consigo mesma, então levanta a cabeça e novamente dá uma olhada nela. Ela arreganha os dentes para a lua e a criança permanece uma estátua no seu colo.

Chamdi olha mais uma vez para o céu e implora para que a mãe lhe apareça, mas talvez isso seja impossível, então pede que ela organize as estrelas de tal maneira que o nome do pai seja revelado, porque, para Chamdi conseguir encontrar um homem nesta cidade de milhares de pessoas, o mínimo que os céus podem fazer é lhe revelar o nome dele.

CINCO

A rua desperta cedo pela manhã. Os corvos se apóiam nas árvores, sobre os telhados, e despertam Chamdi. Ele fica surpreso ao perceber quantas pessoas dormem na rua. Um jovem boceja e se espreguiça deitado num carrinho de mão. Ao se sentar, corre os dedos pelos cabelos e abre bem os olhos. Dois homens passam por ele carregando pequenos baldes de água nas mãos. Sorriem um para o outro como se um deles tivesse contado uma piada. Um homem de *short* cáqui varre com uma longa vassoura o lixo acumulado na calçada. Uma velha sentada no chão escova os dentes com os dedos. Há uma pasta preta grossa ao redor dos seus lábios e ela verte água na boca com uma caneca azul e branca rachada e cospe no chão. Ela faz isso diante do varredor e não parece se preocupar com o fato de que ele acabou de limpar aquela parte da calçada. Um homem calvo usando vestes brancas anda descalço pela rua. Carrega uma panela de ferro de cabo longo em uma mão e cravos na outra. Pela *tikka*[1] vermelha na testa, Chamdi tem quase certeza de que o homem está a caminho do templo.

Chamdi ouve Guddi pigarrear. Ela também cospe na rua, da mesma forma que a velha. As faces de Guddi parecem mais sujas do que na noite anterior, mas as suas bochechas estão surpreendentemente cheias. Chamdi nota que ela dormiu sem tirar as pulseiras laranja. O vestido marrom que usa tem alguns pequenos buracos e ela esfrega as mãos no tecido, usa-o como toalha.

"Olhe para ele", diz Guddi. "Dormiu com o lenço no pescoço. Eu disse que é um completo idiota."

"Deixa ele", diz Sumdi.

Sumdi deve ter sido o primeiro a acordar, pensa Chamdi. Parece bem desperto. Abre uma lata enferrujada e pega uma caixa de fósforos. Acende o fogo num pequeno fogareiro de querosene e coloca uma panela de ferro sobre a chama. É difícil para Chamdi tirar os olhos da cicatriz na face de Sumdi. É funda e recortada, como se a pele tivesse sido rasgada. Chamdi quer saber como Sumdi perdeu parte da sua orelha direita. Se eles dormem na rua, talvez um rato a tenha arrancado com uma mordida. Chamdi

---

1 Marca ritual na testa feita com pó vermelho e em geral executada com o polegar num movimento ascendente. (N.T.)

agradece por não ter tido esse pensamento a noite passada. Tenta não encarar a orelha.

"Você quer chá?", pergunta Sumdi.

"Vai parar de alimentá-lo e fazê-lo trabalhar?", grita Guddi.

Chamdi olha para dentro do *kholi* e fica surpreso ao ver Amma ali. Ela está resmungando novamente consigo mesma, mas não está tão quieta como na noite anterior. Move o seu corpo de um lado para o outro com a criança no colo. A barriga da criança está inchada.

"O que ela está fazendo aqui?", pergunta Chamdi.

"Por que isto o incomoda?", pergunta Guddi.

"Eu não disse por mal", diz Chamdi.

Mas ele não explica que a sua surpresa em ver Amma no *kholi* é devida ao fato de que na noite anterior Sumdi não parecia estar muito preocupado com ela.

"Onde eu posso ir?", pergunta Chamdi. Ele dirige a pergunta para Sumdi e evita o olhar de Guddi.

"Para quê?"

"Você sabe", ele responde desajeitado.

"Mas tudo o que você recebeu ontem à noite foi uma fatia de pão", diz Guddi. Ela parece ter compreendido Chamdi mais depressa que o irmão. "Então você estava mentindo para nós sobre estar faminto?"

"Escolha o seu lugar", diz Sumdi. "Faça no lugar que quiser."

"E se alguém me vê?"

"Peça para que não tirem uma foto", diz Guddi.

Sumdi e Guddi riem. "E você espera que a gente acredite que você andou vivendo nas ruas", diz Sumdi.

"Não, é só que..."

"Venha comigo", diz Sumdi.

Ele conduz Chamdi por uns quinze metros até um lugar onde há três degraus quebrados. Um pilar está num canto e ferros enferrujados saem dele. Lajes de pedra estão no chão, espalhadas por toda parte.

"Este edifício sofreu um incêndio", diz Sumdi. "Só sobraram estes três degraus. E nós fizemos um banheiro com eles. Agora, abaixe-se, desça os degraus e mande ver."

Sumdi se dirige mancando para fora e, assim que Chamdi abaixa o seu *short*, Sumdi vira e olha para ele.

"Tenha cuidado com suas preciosidades", ele grita. "Os ratos poderiam roubá-las." Ele dá um tapa na própria coxa e sai manquejando.

Chamdi tenta acabar logo com aquilo. Não que acredite no que Sumdi disse sobre os ratos, mas está pouco confortável. Pensa na sra. Sadiq. Se o visse nesta posição, ela ficaria chocada. Se os meninos do *koyba* o vissem se aliviando na rua, contariam para todo mundo. Ele se lembra dos banheiros no orfanato e de uma tarde dois anos atrás, quando a sra. Sadiq fora até o mercado e Raman desmaiou no banheiro. Quando Chamdi se ajoelhou para acordá-lo, ele não podia acreditar em quão forte era o cheiro de álcool. Atirou água no rosto de Raman e este se levantou de repente, abanou os braços e gritou. Chamdi imediatamente correu para fora dali.

Quando Chamdi termina, não sabe como se limpar. Ainda agachado, olha ao redor. Se estivesse no orfanato, poderia usar uma folha. Mas a única árvore à vista é a do abrigo, o *kholi*, e, de qualquer maneira, as folhas dessa árvore são muito altas.

Uma pedra redonda o tira do sufoco. Ela se encontra bem ao lado dele, então estira o braço e a pega. Enquanto se esfrega com a pedra, pensa novamente nos meninos do *koyba*. Talvez eles devessem jogar *koyba* com esta pedra.

Puxa o *short* para cima e caminha de volta até a árvore. Sumdi e Guddi já estão tomando um gole do chá. Compartilham o mesmo copo, passando de um para o outro.

"Você esvaziou o seu tanque?", pergunta Sumdi.

"Sim", diz Chamdi.

"Tome um pouco de chá então."

"Não, eu estou bem."

"Talvez o nosso chá não seja suficientemente bom para o rajá", diz Guddi.

"Não é isso. Eu posso ver que não há chá suficiente porque você dois estão compartilhando."

"Nós estamos compartilhando o copo", diz Sumdi.

"Temos bastante chá, mas só um copo. Por isso você também pode tomar."

Ele oferece o copo para Chamdi. Chamdi hesita.

"Você é tímido?", pergunta Sumdi. "Está acanhado porque os lábios dela tocaram o copo e se os seus lábios também o tocarem então..."

Guddi bate no pulso de Sumdi e murmura: "De manhã cedo...".

"Não preste atenção a ela", diz Sumdi.

Chamdi observa Guddi passar um pouco de leite de um recipiente aberto para o gargalo de uma garrafa.

Parece a garrafa da bebida que Raman tomava. Ela se move então na direção do bebê que está no colo de Amma e derrama um pouco de leite na sua boca.

"O que ela está fazendo?", pergunta Chamdi.

"Alimentando o bebê."

"Por que a própria Amma não o está alimentando?"

"Amma está doente."

"Oh..."

"Ela não tem leite. Agora pare de fazer perguntas."

Chamdi toma mais um gole de chá e passa o copo para Sumdi, que verte mais um pouco de chá da tigela. Amma começa a gemer novamente e, embora seus olhos estejam fixos na criança, parece estar olhando através dela. Chamdi olha para Sumdi.

"Ela é nossa mãe", diz Sumdi abruptamente,

enquanto fita a tigela que solta vapor. "Ela vagueia à toa com a criança o tempo todo. Agora estamos cansados de nos preocupar. Ela quase não consegue entender o que dizemos. Apenas fica sentada num canto arrancando o próprio cabelo. Eu odeio quando ela faz isso."

"Onde está o seu pai?", pergunta Chamdi.

"Morreu."

Chamdi gostaria de bater na própria cabeça por ter feito aquela pergunta.

"Você está vendo aquela padaria iraniana lá em cima?", pergunta Sumdi.

Chamdi olha para a padaria mais adiante. Há um anúncio da Pepsi sobre uma placa onde se lê Padaria e Lojas Rostamion. Sob a placa, um homem com um grande bigode espana a vitrine de vidro em que o pão é armazenado. Os primeiros botões da sua camisa estão abertos e revelam uma camada densa de pêlos pretos no tórax. Perto da padaria está o Café Gustad, onde um jovem varre o chão, parando ocasionalmente para esfregar os olhos sonolentos. As cadeiras pretas se encontram empilhadas umas sobre as outras e mesas de madeira com tampos de mármore estão distribuídas aleatoriamente pelo local.

"Um carro esmagou nosso pai três anos atrás", continuou Sumdi. "Bem na frente daquela padaria iraniana."

Se o pai morreu há três anos, como é que Amma

tem uma criança? Mas Chamdi não faz essa pergunta em voz alta. "Sinto muito", é tudo o que diz.

"O que fazer? Não há nada que possamos fazer", diz Sumdi. "Nossa mãe ficou louca depois que ele morreu. E nós temos que olhar por ela agora. O que fazer?"

Chamdi se sente pouco à vontade. Ele não sabe o que responder à pergunta de Sumdi.

"Você pode nos ajudar", diz Sumdi por fim.

"Eu?"

"Nós temos um plano", diz Sumdi.

"Que plano?"

"Roubar."

A idéia de roubar intimida Chamdi. Nunca roubou nada na sua vida. Nem uma única vez. Embora soubesse onde a sra. Sadiq guardava os biscoitos de nata especiais no orfanato, ele nunca pegou nenhum, a não ser quando lhes eram oferecidos.

"Eu não vou roubar."

"Covarde", diz Guddi.

"Não se preocupe", diz Sumdi. "É um plano inteligente. Ouça. Amma está muito doente. Se nós não a levarmos a um médico, ela vai morrer. Se algo acontecer a ela, quem cuidará da criança?"

"Nada acontecerá a ela", diz Guddi impetuosamente. "Eu não deixarei nada acontecer a Amma."

"Você entendeu?", pergunta Sumdi. "Queremos

roubar dinheiro para levá-la ao médico e depois queremos sair deste lugar."

"Para sempre", diz Guddi.

"Para onde vocês irão?", pergunta Chamdi.

"Para a nossa aldeia", diz Guddi. "Temos uma aldeia. Então, você vai nos ajudar ou não?"

Ela olha para Chamdi com os seus grandes olhos castanhos e ele se lembra da bondade que viu neles na noite anterior. Mas aquela bondade foi tão breve, ele está confuso.

"Por que você está calado?", pergunta Sumdi. "Se eu pudesse correr, não pediria sua ajuda. Olhe para mim, como posso correr? Se eu correr, eles vão me pegar e me bater até arrancar a minha pele fora."

"Mas não consigo correr tão rápido", diz Chamdi.

"O tempo todo você se orgulhou de que pode correr bem rápido", diz Guddi. "Então, ou você é um mentiroso ou pode correr bem rápido."

Chamdi sabe que pode correr rápido. Quando era pequeno, ouviu uma história do *Chandamama* de um menino que gritou tão alto que perdeu a voz, e então um *djinn*[2] apareceu e disse para o menino que, se ele corresse bem rápido, poderia alcançar a sua voz. Então Chamdi passou a tentar fazer isto no pátio do orfanato, até perceber que era impossível. Mas ao menos a história o tinha tornado rápido com os pés.

---

[2] Gênio do folclore islâmico. (N.T.)

"Por favor, nos ajude", implorou Sumdi.

Guddi está a ponto de falar, mas, naquele momento, a criança nos braços de Amma começa a chorar. Amma se move de um lado para o outro, falando em voz alta, mas ela só emite sons dolorosos e estranhos.

Os gritos da criança, misturados com as lamúrias da mãe, incomodam Chamdi. Sumdi esfrega as têmporas como se estivessem doendo e Guddi faz o possível para acalmar o bebê.

Chamdi não consegue parar de olhar para Amma. Ela revira os olhos como se estivesse tentando olhar para o céu, mas sem erguer a cabeça. Ele acredita que Amma odeia o som de buzinas porque foi um carro que matou seu marido. Pode ser que, cada vez que ouve uma buzina, ela sinta que algo terrível vai acontecer e fique com medo. Gostaria que Amma pronunciasse uma palavra ou duas porque isso a faria soar mais humana, mas tudo o que ela emite são uivos.

Chamdi diz a si mesmo que não se preocupa se o seu pai for pobre, se ele limpar banheiros como Raman no orfanato. Tudo o que ele quer é que o pai esteja vivo. Mas há mais uma coisa. O pai deve lembrar que tem um filho, diferentemente de Amma, que esqueceu o seu.

O sol agora já surgiu e Chamdi observa a cabeça

de Amma. As partes onde o cabelo caiu, ou foi arrancado, são cor-de-rosa. Imagina as mãos da mulher arrancando os cabelos em mechas, fazendo isto sem que sua mente se dê conta. Ele faz caretas ao pensar a respeito e então percebe que Guddi o está observando. Ao longe, vê Sumdi empoleirado sobre os três degraus do edifício queimado. Ele se pergunta se Sumdi também utiliza uma pedra para se limpar.

"Então, você vai nos ajudar?", pergunta Guddi.

Chamdi sabe que, se disser que não irá roubar, ela o chamará de covarde novamente, por isso permanece calado.

"Nós iremos roubar dinheiro de *puja*[3] do *mandir*. Você está escutando?"

"Sim", diz Chamdi. "Aquele virando a esquina?"

"Ahã, aquele. Logo depois do dispensário médico."

"Por que tem dinheiro naquele *mandir*? É tão pequeno."

"Em dois dias, farão um *puja* para o deus Ganesha. Há um político, seu nome é Namdeo Girhe. A história é a seguinte: quando sua mãe estava grávida dele, ela era muito pobre. Não tinha um lugar para ficar. Ela dormia do lado de fora do templo. As pessoas perceberam que ela ia ter uma criança e lhe deram dinheiro. Ela deu à luz bem na frente do templo e um jovem monge de lá lhe

---

[3] *Puja* ou *pooja*, refere-se a ritual religioso; dinheiro de *puja* do *mandir*: dinheiro das oferendas do templo. (N.T.)

disse que, porque aquela criança era um filho do templo, abençoado por Ganesha, um dia se tornaria um grande homem. E isso virou realidade. Por esse motivo, muitas pessoas acreditam neste templo. No dia de seu aniversário, Namdeo Girhe vem aqui rezar todos os anos e deixa dinheiro aos pés de Ganesha para reverenciá-lo. O dinheiro é recolhido numa caixa de plástico, a qual o monge deixa que permaneça lá até de noite para mostrar a todos o quanto Namdeo Girhe se preocupa com Deus e para afirmar que este é um templo mágico. Isso faz com que cada vez mais pessoas venham ao longo dos anos até o templo e o monge se torne cada vez mais gordo."

"Eu não posso roubar o dinheiro de Deus."

"Nós somos os filhos dele. Ele não vai se incomodar."

"Por que você não pode fazer isto?"

"Eu sou mais gorda que você."

"E daí?"

"Olhe", ela diz. "Sabe por que eu falei com você? Você está tão magro quanto uma vara."

"E daí?"

"Para entrar, você terá que deslizar pelas barras da janela do templo."

"O quê?"

"Acha que a porta vai estar aberta para você? Vamos esparramar óleo em todas as partes do seu corpo para que você possa deslizar pelas barras da janela. Se for apanhado, ninguém poderá segurá-lo porque você vai estar muito escorregadio."

"Você já fez isto muitas vezes?"

"Nunca."

"Então como sabe tudo isso?"

"Meu pai... meu pai roubava. Ele falava com Amma e nós ouvíamos. Era sua a idéia de roubar o templo. Mas ele morreu no dia do *puja*."

"Sinto muito", diz Chamdi. "Eu não posso roubar."

"Por que não?"

"É errado."

"É errado? E quanto à morte de meu pai? E quanto a Amma enlouquecer e não ter leite para alimentar o próprio filho? Isto também é errado, ou não?"

"Sim..."

"Então, está certo roubar. Só queremos ir embora daqui. Não estamos fazendo nada errado. Se meu irmão pudesse correr, não estaríamos pedindo para você."

Guddi olha para os olhos de Chamdi. Um sentimento estranho surge dentro dele, como se já a conhecesse antes. Tenta desviar o olhar, mas não consegue. Guddi esfrega o nariz e as pulseiras laranja que está usando capturam o sol matutino. Tudo parece perfeito.

A não ser que ela está lhe pedindo para roubar. A sra. Sadiq sempre advertiu todas as crianças: *Lembrem-se, uma vez ladrão, sempre ladrão*. Ela agitava a mão de um lado para o outro ao dizer isto, e Chamdi fica chocado ao ver a mão da sra. Sadiq agora mesmo diante de si.

Mas ele percebe depressa que é a mão de Amma que está colocando algo na boca. Guddi deixa escapar um pequeno "oh" e consegue impedir o gesto de Amma, porque ela achou uma mecha de seu próprio cabelo no chão e a confundiu com comida.

Em lugar de olhar para Amma, Chamdi contempla a árvore debaixo da qual ele dormiu. É como se esta árvore tivesse medo de se elevar bem alto no céu, ou talvez seus galhos não saibam o caminho do céu. Se ele pudesse escalar esta árvore, Chamdi poderia vislumbrar com um rápido olhar o orfanato e falar com Jesus. Perguntaria se é certo roubar para ajudar alguém.

"O que você está procurando lá em cima?", pergunta Sumdi. "Esperando que a comida caia do céu?"

Chamdi sorri. É estranho estar com estes dois irmãos. Embora só os conheça desde a noite passada, ele sente como se os conhecesse melhor do que a maioria das crianças do orfanato. A não ser Pushpa, não se sentia próximo de nenhuma das outras crianças. Gostaria de saber como está Pushpa. Sente-se culpado por prometer ler a história da Princesa Faminta para ela, e em vez disso ter fugido. Espera que a sra. Sadiq explique a Pushpa por que ele precisou partir.

"Venha comigo", diz Sumdi.

Chamdi segue Sumdi pela estrada abaixo. Desvia-se de uma vaca que vadiava na calçada. Um homem que carrega um condicionador de ar nas mãos tenta passar pelo animal. A vaca está no caminho do homem e ele procura espantá-la, mas ela não se move.

"Para onde vamos?", pergunta Chamdi.

"Mendigar."

"Mendigar?"

"Marajá, não fique tão surpreso. Você é um homem das ruas, não é? Então por que mendigar é ruim? É o negócio da família."

"Eu... mas o que temos de fazer?"

"Antes, você vai me contar a verdade."

"Sobre o quê?"

"Sobre de onde você é. Caso contrário, vou bater na sua cabeça com a minha perna de pólio."

Chamdi sabe que não vale a pena continuar representando. Precisa da ajuda de Sumdi em uma cidade como esta. Se ficarem amigos, ele pode revelar os seus planos de encontrar o pai. Mas como vai ser se ambos rirem dele, especialmente ela? No entanto, se um carro não tivesse atropelado o pai dela, se ele estivesse perdido, mas vivo, ela também teria as mesmas esperanças.

"Preciso implorar para que você fale?", pergunta Sumdi. "Nós não devemos implorar um ao outro. O inimigo está lá fora, sentado num táxi."

"Eu venho de um orfanato."

"O que é isso?"

"Você não sabe o que é um orfanato?"

"É isso aí. Eu não sei."

"Um orfanato é onde mantêm as crianças que não têm os pais."

"Há outro nome para esse lugar."

"Qual?"

"Bombaim", diz Sumdi. "Você está sorrindo, mas é verdade. Esta cidade é a nossa casa e cuida de nós. Muito mal. Bombaim é uma puta."

Chamdi nunca apreciou esse linguajar tão forte. Os meninos do *koyba* falavam assim e ele nunca achou que isto fosse útil.

"Qual é o problema?", pergunta Sumdi. "Você não gosta quando eu insulto Bombaim?"

"Não, eu só..."

"Ou você não gosta de praguejar?"

"É isto."

"Mais alguns dias comigo e você estará gritando aos quatro ventos 'cafetão!' e 'filho de um cafetão!'. De qualquer maneira, ao menos você admitiu que não é das ruas."

"Como você soube?"

"Tantas pistas. Olhe só para os seus dentes. Todos limpinhos, alinhados, tão bem polidos. Isto significa que você os escova."

"Sim."

"Veja os meus dentes."

Sumdi abre bem a boca e Chamdi pode ver que os dentes dele estão lascados e serrilhados, e parecem crescer em cima uns dos outros, como se lutassem por espaço. Chamdi vira o rosto porque o hálito de Sumdi é muito forte.

"Eu nunca escovei meus dentes. Mas não se deixe enganar. Eles podem ser amarelos e estar corroídos, mas eu poderia romper seu antebraço em dois se quisesse. Não que eu fosse morder o seu antebraço, mas eu o quebraria se você me desafiasse."

"Não, eu acredito..."

"Contudo, mais do que os dentes, foi o seu jeito que o entregou."

"Que jeito?"

"Você age como um príncipe. Antes pensa e depois fala. Quando eu falo, as palavras só saem... como vômito."

Enquanto caminham e conversam, o olhar de Chamdi é atraído pelo carrinho de um *juicewala*.[4] Um misturador de plástico contém restos de suco de laranja num recipiente de vidro onde são armazenadas as laranjas e as limas. Algumas das laranjas estão arrumadas em cima do recipiente de vidro. Chamdi fica maravilhado em

[4] Vendedor de sucos. (N.T.)

ver como as laranjas se equilibram em forma de pirâmide, como se o *juicewala* fosse algum tipo de ilusionista ou um homem de circo. Chamdi gostaria de ver o carro do *juicewala* à noite. Com certeza, as laranjas e as limas brilham quando a lâmpada no recipiente de vidro está acesa.

"Torça por um belo engarrafamento", Sumdi diz para Chamdi.

"Por que um engarrafamento?"

"Porque os carros ficam presos e temos mais tempo nos semáforos. Eu tenho que explicar tudo para você? Não consegue pensar sozinho?"

"Mas ainda é cedo."

"E daí?"

"E daí que não tem engarrafamento. No orfanato nós só ouvíamos o barulho de carros durante a tarde."

"Que tipo de lugar era esse orfanato? Que lixo lhe ensinaram lá?"

"Eu aprendi a ler e a escrever."

"Você sabe ler e escrever?"

"Sim."

"E você tem orgulho disso?"

"Muito orgulho."

"Isso não serve para nada, você é bobo! Quando você chega nos táxis para mendigar, eles não vão perguntar: 'Com licença, você pode soletrar seu nome, por favor?'".

"O que eu devo fazer?"

"Você tem que agir como se estivesse realmente sofrendo."

"Mas nós estamos sofrendo."

"Herói, aqui é Bombaim. Ninguém se preocupa com a verdade. As pessoas querem emoção. Lágrimas! Você consegue chorar lágrimas verdadeiras?"

"A pedido?"

"Claro, eu só estou brincando com você."

Sumdi coloca a mão no ombro de Chamdi e Chamdi pára. Diante deles, um velho abre as portas de uma pequena loja de consertos de relógios.

"Agora escute", diz Sumdi. "Não é nenhuma vergonha mendigar. Nós somos meninos inteligentes. Se a vida tivesse sido boa para nós, não estaríamos mendigando. Ninguém vai nos dar trabalho, então temos que fazer isto. Nenhuma vergonha em mendigar."

Chamdi nota que o tom de Sumdi mudou de repente. A voz dele está mais macia, porém mais firme.

"As lágrimas virão de qualquer maneira, confie em mim", Sumdi continua. "Penso em meu pai e naquele carro que o atropelou, e em Amma gritando e correndo para ele... e tive que me agarrar à mão da minha irmã porque estava com mais medo do que ela. Nenhum de nós foi para perto do corpo. Eu penso agora em Amma, como ela senta na escuridão todas as noites e arranca os cabelos e, embora eu pense diariamente nisto, as lágrimas ainda vêm."

Então Sumdi cospe sobre a palma da mão e besunta os cabelos com a saliva, embora quase não tenha cabelos. À luz do sol, a cicatriz no seu rosto parece mais escura, como se a pele tivesse sido removida centímetro a centímetro.

"Mesmo com este rosto, ainda posso parecer inocente", diz Sumdi. "Entendeu? Você sabe quantas ofertas para trabalhar no cinema eu recebo quando vou mendigar? Mas eu sempre recuso. Quem quer fama? Dê uma olhada ao seu redor; posso abaixar as minhas calças a qualquer hora e mandar ver, como uma cachoeira, e ninguém vai me impedir. Quantas estrelas de cinema podem fazer isto?"

Chamdi ainda olha para a cicatriz. Sabe que isto vai deixar Sumdi intranqüilo. As extremidades da orelha são serrilhadas, como papel rasgado.

"Tenho que parecer bonito para as titias", continua Sumdi. "As titias gordas têm muito dinheiro."

Ao dizer isso, Sumdi sai da calçada e caminha pelo leito da rua. Chamdi acompanha o seu novo amigo, que se aproxima de um táxi preto e amarelo parado no sinal vermelho. Não há nenhum passageiro no táxi. Chamdi nota que os edifícios nessa rua são muito mais altos do que aqueles próximos do *kholi*. Antenas de televisão revestem os seus terraços.

"*Bhaiya*,[5] por favor, me dê algo", diz Sumdi ao *taxiwala*.

---

[5] Irmão. (N.T.)

"Não venha me perturbar logo de manhã", diz o *taxiwala.*

"Mas se eu não tenho comida então vou ter que perturbar você, não é?"

"A sua língua é afiada. Tome cuidado ou você vai se cortar."

"Este é o problema. Minha língua é tão afiada que a comida tem medo de entrar na minha boca. Olha como eu sou magro."

"Você não parece magro para mim."

"Olhe o que a pólio fez com a minha perna."

"Que outra doença você tem?"

"Eu estou *apaixonado*. A pior doença..."

"Ha!", diz o *taxiwala*. Ele coloca a mão no bolso da camisa cáqui e retira uma moeda de uma rupia. Dá a moeda para Sumdi.

"Por uma rupia o que eu devo fazer?"

"Você pode cair fora", diz o motorista. "Eu não quero ver novamente a sua cara."

"A semana que vem pode ser?", pergunta Sumdi.

O *taxiwala* sorri. Como o sinal fica verde, Sumdi sobe novamente na calçada.

"Isso foi muito bom", diz Chamdi.

"Pare de me felicitar e vá ganhar um pouco de dinheiro."

"Mas eu quis vê-lo primeiro."

"Você quis me ver? Eu, que não sei nem ler nem escrever?"

"Eu quero aprender a mendigar corretamente."

"Então você será meu aluno a partir deste momento."

"Feito."

"Mostre um pouco mais de respeito, seu idiota. Chame-me de senhor."

"Senhor."

"Agora preste atenção. Primeira regra: nunca mendigar aos *taxiwalas*."

"Mas você fez isso há pouco."

Sumdi bate na cabeça de Chamdi com as juntas dos dedos. "Não discuta com o mestre. Você raramente obtém dinheiro de *taxiwalas*. Mas este aqui é um cliente. Eu já o conheço há dois anos. Todos os dias ele faz o mesmo caminho. Quando está de bom humor, ele dá alguma grana. Com os *taxiwalas* você não pode usar a emoção porque a vida deles é tão infernal como a nossa, talvez um pouquinho melhor. Por isso eles não ligam para lágrimas. E não seja bobo de falar que você sabe ler e escrever porque talvez eles não saibam. Não vai querer que sintam que você é mais esperto do que eles. Você é um mendigo e presume-se que os mendigos são desmiolados."

"Certo, eu serei um desmiolado."

"Às vezes, ajuda agir como um perturbado mental. Especialmente com senhoras delicadas. Revire os olhos e faça sons estranhos. Bata a cabeça contra o táxi algumas vezes. Vá junto da janela e tussa no rosto delas. Garantia de dinheiro certo."

"Certo."

"Em seguida são os pombinhos. Você sabe o que são os pombinhos?"

"Eu acho que sim."

"Explique."

"Pombinhos são o... o rapaz e a moça..."

"Por que essa sua timidez? Pombinhos são lindos. É isto o que você tem que dizer para eles. 'Olhar para vocês dois, como Laila e Majnu,[6] para sempre vocês estarão juntos como dois lindos pássaros...'"

"Que vocês possam ter muitas crianças."

"Não! Nunca mencione as crianças! O jovem vai esbofeteá-lo. Ele não quer que a garota dele fique inchada como uma bola de futebol. Se quiser uma bola de futebol, ele pode comprar uma. Nada de crianças. Só diga que eles foram feitos um para o outro e, se você tiver sorte, eles lhe darão uma moeda. O melhor momento para pedir é quando estiverem se beijando. Continue mendigando, continue irritando, 'Por favor, me dê algum dinheiro, por favor, me dê um dinheiro', continue dizendo isto até que o jovem se levante e lhe dê uma nota de cinco rupias."

---

6 Laila e Majnu são os protagonistas de uma tradicional história de amor da tradição islâmica. (N.T.)

"Cinco rupias?"

"Sim, são as custas do amor. Agora o melhor de todos. O estrangeiro. Um homem de outro país. Com estas pessoas você tem que apelar para a piedade. Tenha certeza de que o seu rosto está bem sujo. Passe cuspe por toda parte, no rosto e embaixo dos olhos, assim parece que você chorou. Então vá para perto da janela e olhe diretamente nos olhos deles. Será difícil, porque eles sempre estão de óculos escuros, mas faça isto de qualquer maneira. Se eles não lhe derem dinheiro imediatamente, então diga algo como 'meu pai me bate', 'minha mãe está morrendo', 'meu carro não anda'."

"Meu carro não anda?"

"Diga qualquer coisa, não importa. Eles não têm nenhuma idéia do que você está dizendo. A maioria deles. Mas alguns deles são espertos e falam a língua. Agora há muitos outros tipos. Mas as aulas de hoje terminaram, você pode sair e ir para casa."

"Eu já estou em casa. As ruas são agora a minha casa."

"Uau! É assim que se fala! Você está pronto. Agora vá e ganhe algum dinheiro."

Quando Samdi se afasta de Chamdi coxeando, um furgão passa e lança uma fumaça negra na face do garoto. Em vez de se proteger da fumaça preta, Sumdi a inala profundamente. Então ele se volta para Chamdi e grita: "Aspire profundamente, isto vai tornar os seus pulmões fortes!".

Começa a tossir. "Modo bom para conseguir lágrimas", ele diz, deixando a fumaça entrar nos olhos. "Suje o seu rosto, está muito limpo. Eu não lhe daria uma só rupia! Deixe de caminhar como se você fosse o dono do mundo. Carregue o peso do mundo em seus ombros. Em um dia ou dois você vai senti-lo de qualquer maneira! E tire esse lenço branco do seu pescoço. Bombaim não é uma estação de inverno." Então Sumdi ri e Chamdi tem realmente uma estranha visão, ver este menino andar coxeando, o rosto negro de fumaça e o sorriso mais largo do mundo.

Assim que Chamdi está a ponto de descer da calçada, um homem se aproxima num carrinho de madeira. O homem não tem pernas e exibe um buraco no lugar do olho direito. As moscas descansam naquela cavidade. Ele usa os braços para descer do carrinho. Coloca o carrinho na rua principal e então senta-se novamente nele. Um caroço do tamanho de uma bola de críquete se projeta na parte de trás do seu pescoço. Chamdi se volta, procurando por Sumdi, mas ele não está em nenhum lugar. Em vez disso, um pequeno menino escuro, com não mais de quatro anos, se levanta na calçada e fixa o olhar sobre Chamdi. Há um fluxo saindo do nariz do menino e ele está completamente nu, a não ser por uma fita preta ao redor da cintura. O menino não tira os olhos de Chamdi, então Chamdi é forçado a fechar os seus.

Imagina que está no pátio do orfanato. Sopra

uma brisa suave. As buganvílias balançam ao redor e ele deixa que as pétalas acariciem o seu rosto. Logo elas se espalham por todo o pátio e escalam as suas paredes pretas, invadindo a rua estreita pela qual Chamdi passou quando fugiu do orfanato. A velocidade com que as buganvílias se locomovem surpreende Chamdi. Elas logo estarão aqui, ele pensa.

Um caminhão passa veloz por ele, mas Chamdi não escuta o rugido do motor.

O carro é particular, com vidros escuros. O som de uma música irradia do seu interior. Quando Chamdi se aproxima do veículo, lembra-se das instruções de Sumdi sobre as lágrimas e tenta recordar a primeira vez que se deu conta de ser um órfão. Mas não consegue se lembrar do exato momento. Tudo que sabe é que um dia estava caminhando ao redor do pátio e a sra. Sadiq estava sentada no parapeito do poço, e, quando a olhou, repentinamente compreendeu que ela não era a sua mãe. Embora naquele dia sentisse dentro de si uma dor profunda, ele não chorou. De forma que essa lembrança não o ajudaria a fazê-lo chorar hoje.

Chamdi bate na janela do carro e espera. A janela permanece fechada. Chamdi bate novamente, mais forte. O jovem abaixa a janela, irritado.

"Vá embora", ele diz. "E, se tocar no meu carro mais uma vez, você vai ver."

Chamdi sabe que não vai conseguir nada ali. Caminha para o próximo carro, um táxi, e se volta para verificar se o sinal ainda está vermelho. Uma rajada súbita de vento atira poeira nos seus olhos, que começam a umedecer. Esfrega os olhos em vão e, com a visão pouco clara, tenta voltar para a calçada. Ele quase bate numa motocicleta. Então ouve o motor da motocicleta que acelera e percebe que o sinal deve ter ficado verde. Os carros começam a se mover. Buzinas tocam. Ouve a palavra "*Chutia*!",[7] e a maneira forte com que isto é dito o faz entender que o insulto é dirigido a ele. Chamdi pisca rapidamente, numa tentativa para clarear os olhos, mas, ao invés disso, acaba atraindo mais pó e reflexos dos edifícios cinzentos e da iluminação da rua ao redor dele. O dedo do seu pé bate no meio-fio e ele grita de dor. Tropeça na calçada. Agora, a salvo, senta-se no chão e fecha os olhos.

"Panaca!" A voz de Sumdi troveja no seu ouvido. "Por que você está aí vadiando à toa?"

"Tem alguma coisa nos meus olhos."

"É claro, seus globos oculares. Agora você vai se levantar?"

"Eu não consigo enxergar..."

---

[7] Expressão grosseira usada no sentido de "babaca". (N.T.)

"Você é realmente delicado, não é?", ele diz ao levantar Chamdi. "Agora abra os olhos."

"Se eu pudesse abrir os olhos eu abriria, problema, não é?"

Sumdi abre o olho direito de Chamdi com os dedos e as unhas pretas de sujeira. "Ah, aí está, eu posso ver." Ele sopra no olho de Chamdi.

"O que é?"

"Sujeira, o que mais?"

Sumdi continua soprando, mas sem proveito. "Agora não se mova", ele diz. "Eu vou pôr minha unha em seu olho e retirar a sujeira, só fique calmo."

"O quê?"

"Meu dedo mindinho tem uma unha comprida para propósitos especiais, como quando eu preciso satisfazer uma coceira dentro do meu..." Ele se interrompe deliberadamente. Mas Chamdi sacou.

"Você vai usar essa mesma unha em meu olho?"

"É só uma piada. Só uma piada."

Sumdi delicadamente posiciona a sua unha comprida no olho de Chamdi e retira a partícula de sujeira.

"Ah...", diz Chamdi.

"Agora vamos ver o outro."

Mas Chamdi abre o seu outro olho sozinho. A sujeira parece ter desaparecido. Os olhos dele estão vermelhos e úmidos.

"Perfeito! Veja como você está chorando. Agora vá e ganhe seu primeiro dinheiro. Lembre-se, o mestre está observando."

O sinal fica vermelho novamente. Desta vez, Chamdi está determinado a provar que pode sobreviver nas ruas. Aguarda que os primeiros carros parem no sinal. Inspeciona cada táxi. Avista uma mulher bem rechonchuda, cujas bochechas estão vermelhas por causa do calor. As palavras de Sumdi ressoam nos ouvidos de Chamdi, "as titias gordas têm muito dinheiro". Chamdi se deseja sorte, arma um sorriso para parecer encantador e se aproxima da janela traseira. Bem quando está a ponto de implorar e pedir, percebe que a mulher não está sozinha no táxi. Um menino pequeno, talvez um ano ou dois mais jovem do que ele, está sentado ao lado dela. Ele olha para Chamdi e diz: "Mamãe, um mendigo". O sorriso de Chamdi desaparece. Ele não esperava ter de enfrentar um menino da mesma idade que ele. Mais do que isso, o menino não duvidou nem por um segundo que Chamdi fosse um mendigo. Chamdi pode ser órfão, mas ele sabe ler e escrever e é só um mendigo temporário. Ser imediatamente identificado como um mendigo, da mesma maneira que um policial ou um médico, o faz abaixar a cabeça. Chamdi culpa o seu colete sujo e rasgado. O menino no táxi diz bruscamente: "Veja como ele é magro". Chamdi ainda não consegue erguer o olhar. Ele quis encantar a titia gorda para ganhar algum dinheiro, como Sumdi fez com um linguajar cheio de observações rápidas. Tenta encolher as costelas, mas sabe que não é possível. "Pronto, dê-lhe um pouco de dinheiro", ele ouve a mulher dizer. Chamdi se lembra do que fez a seguir: estendeu a mão e uma moeda foi colocada na palma aberta. Não olha para o valor da moeda. Ainda está fixando seus próprios pés. Observa a unha do dedão do pé direito. Deve ter rachado quando ele esbarrou há alguns minutos no meio-fio da calçada. Fecha a mão e se afasta do táxi.

SEIS

Na calçada, o velho está espanando a vitrine da sua loja de conserto de relógios. Ele resmunga consigo mesmo enquanto realiza o serviço. Chamdi se pergunta se o homem está resmungando porque todos os seus relógios mostram horas diferentes. Moscas se apóiam sobre a vitrine e o velho as enxota com o espanador.

Ao longe, Chamdi vê os arranha-céus. Como seria estar no vigésimo andar de um prédio? Será que ele conseguiria ver o orfanato lá de cima? De onde está agora, os prédios são só quatro ou cinco andares mais altos. As crianças que moram nesses edifícios não devem ter nenhum quarto para brincar, ele pensa. Mas têm a vantagem de poder soltar pipas dos terraços dos seus edifícios.

A luz é intensa na calçada, que está cheia de

gente animada. Em uma loja de brinquedos se vêem carros laranja e prateados lado a lado e bonecas suspensas por fios dentro de suas caixas plásticas. Há um taco de críquete de plástico, mas é muito pequeno, para crianças. Ao lado encontra-se uma arma de brinquedo. Chamdi não gosta da arma, embora saiba que não pode ser usada para ferir ninguém. O lojista está sentado em um tamborete e sopra um boneco de inflar com duas cabeças. Quando solta o boneco, ambas as cabeças gingam loucamente. O lojista parece gostar de brincar com os seus próprios brinquedos, mesmo quando as pessoas apenas entram e saem da loja sem comprar seus produtos.

Próximo à loja de brinquedos, um homem arruma uma guirlanda na entrada de sua oficina de alfaiate. Chamdi se pergunta se essa guirlanda foi feita pela velha que costuma sentar-se na frente do templo. Ele sente falta das suas buganvílias. Por que ninguém faz guirlandas com flores das buganvílias? Faz mais de um dia que está longe delas e já pode sentir as suas cores esmaecendo dentro de si. Talvez possa encontrar um jardim para se reanimar. Com este pensamento, lembra-se das pétalas que estão em seu bolso. Ele as pega e as segura na palma da mão. Há um homem desmaiado na calçada. Sua camisa está suja e completamente aberta, e formigas pretas se juntam ao redor dos dedos do seu pé. Chamdi gostaria que as pétalas pudessem fazer melhorar as coisas ali, como fizeram no pátio do orfanato. Mas isto não acontece. Talvez seja porque já não estão presas à árvore. Ele recoloca as pétalas no bolso.

Um momento depois, Sumdi chega e lhe dá uma palmada nas costas.

"Eles são todos mendigos", diz Sumdi. "Essas pessoas ricas nos carros são os verdadeiros mendigos. Dezesseis rupias. Isto foi tudo que eu consegui em quatro horas. Hoje está um dia fraco."

Mas Chamdi está bastante surpreso com a quantia de dinheiro que Sumdi ganhou.

"E quanto a você?", pergunta para Sumdi. "Quanto você conseguiu?"

"Eu consegui quatro."

"Eu acho que o problema é a sua cara. O seu corpo está muito magro, mas a sua cara parece saudável. Tente parecer doente da próxima vez. Muito bem, então temos vinte rupias ao todo."

"Então podemos comer agora."

"Não tão rápido, herói. Nós ainda não podemos comer."

"Por que não?"

"Primeiro deixe ver o dinheiro que você ganhou."

A Chamdi repugna o fato de que Sumdi precise da prova. Mas ele procura no seu *short* marrom e pega um punhado de moedas. Abre a palma e mostra para Sumdi. Há quatro moedas de cinqüenta *paisas*[1] e duas de uma rupia.

Sumdi pega o dinheiro da palma de Chamdi e o coloca no bolso. "Certo. Vinte no total", ele diz.

"Por que você não acreditou em mim?"

"Eu acreditei."

"Então por que quis ver?"

"Este dinheiro não nos pertence."

"O quê?"

"Pertence a Anand Bhai."

"Quem é Anand Bhai?"

"Anand Bhai é o nosso chefe. Todos os mendigos que trabalham nesta área têm que lhe dar tudo que ganham. Então ele nos devolve um pouco de dinheiro.

"Por que nós deveríamos lhe dar nosso dinheiro?"

"Olhe para o meu rosto", diz Sumdi.

"Hah?"

"Olhe, eu sei que, desde que nos encontramos, você quer saber sobre esta cicatriz feia no meu rosto e por que a minha orelha direita está semicarcomida."

"Eu..."

Chamdi tem dificuldade para olhar Sumdi nos olhos. Assim, fixa o olhar na camisa do outro. É uma camisa creme e tem manchas de gordura.

"Este corte no meu rosto foi feito por Anand Bhai",

---

1 A rupia é dividida em 100 *paisas*. (N.T.)

diz Sumdi. "Ele considera isto a sua assinatura. Ele me cortou com uma faca."

"Ele o cortou?"

"Depois que meu pai morreu, limpei mesas e varri o chão em um restaurante iraniano. Uma noite, quando eu estava voltando ao *kholi*, um homem apareceu e disse que era um amigo de meu pai. Ele caminhou comigo alguns passos e então de repente me esbofeteou forte. Eu corri, mas o medo me fez esquecer que tive pólio e sou incapaz de correr, então esse homem me pegou facilmente e cortou minha face com uma faca. Então ele disse: 'Eu sou Anand Bhai e seu pai me devia dinheiro, portanto, agora, você tem que trabalhar para mim'. Eu estava assustado, mas furioso, e por isso eu o xinguei. Foi quando ele cortou uma parte de minha orelha. Então, agora você entende por que este dinheiro não é nosso?"

Chamdi olha para o céu e entende que ele estava completamente errado. Um céu que permite tais atos não é o mesmo céu do pátio dele. Não tem nada a ver com o seu céu.

"Desde então eu faço um trabalho honesto", diz Sumdi, furiosamente. "Agora sou um mendigo inútil. Estou velho demais para mendigar, Chamdi. Só crianças pequenas, leprosos e as pessoas deformadas mendigam. Os meninos como nós, não. Outros meninos da nossa idade vendem jornais e revistas, ou se tornam meninos que servem chá."

"Então por que você não faz isso?"

"Com uma cara como a minha, quem vai me dar trabalho? Até você está sempre encarando o meu rosto."

"Eu sinto muito, eu..."

"Está bem. Em todo caso, não me deixam trabalhar. Às vezes eu penso que terei que gastar o resto de minha vida trabalhando como os olhos de Anand Bhai."

"Olhos?"

"Espião. Eu observo. Eu escuto. Forneço dicas."

"Dicas? O que é isto?"

"Em uma cidade como Bombaim, a informação é tudo. Fico perto das casas de chá, das joalherias, nos postos de táxi, em qualquer lugar onde as conversas acontecem. E, se vejo algo interessante, eu informo Anand Bhai. Você depois vai entender."

Sumdi sacode os trocados no bolso. "Precisamos de mais dinheiro", ele diz. "Vamos pedir novamente de noite."

Chamdi quer perguntar a Sumdi sobre Bombaim, por que ele não viu nenhuma cor, nenhuma canção, nenhuma face sorridente, nenhuma troca de amor. Mas sabe que quase não viu nada da cidade. Está ansioso para encontrar algo que combine com a cidade que imaginou.

"Será que podemos gastar um pouco do dinheiro?", pergunta para Sumdi.

"Nem um *paisa*. Tenho que dar pelo menos vinte

rupias por dia para Anand Bhai. Não importa como. Ele não precisa do dinheiro, mas faz isto para me fazer sofrer, para que eu continue a ser o cachorro dele."

"Mas eu não posso gastar pelo menos a minha parte? Anand Bhai nem mesmo sabe que eu estou aqui."

"Esta noite ele vai saber."

"Como?"

"O Bonitão vai contar."

"O Bonitão?"

"Você notou um mendigo sem as pernas, com um buraco sobre o olho e um caroço grande no pescoço?"

"Sim..."

"Esse é o Bonitão. Ele esmola nesta área. Também está encarregado de informar Anand Bhai sobre os recém-chegados. Portanto, você já está registrado, meu chapa."

Sumdi confere ambos os bolsos mais uma vez. Ele estala a língua. Resmunga consigo mesmo e Chamdi pode ver que as palavras que Sumdi está cuspindo são insultos, mas ele nunca os ouviu antes. Sumdi é como um dos meninos do *koyba*. Entretanto, Chamdi se corrige depressa. O coração de Sumdi é limpo.

A tarde se mostrou difícil, as mãos deles estão vazias, embora tenham ganhado dinheiro, e o estômago de Chamdi se faz ouvir de novo. Sumdi leva os dedos distraidamente à boca, como se estivesse segurando um *beedi*.

Passam por uma fila de bicicletas e por lojas que

vendem canos de metal e acessórios para banheiros. Do lado de fora de uma loja, um homem está batendo um pedaço de metal com uma bigorna. Um pouco mais adiante se vê um sapateiro, mas este adormeceu sentado no chão, com o queixo entre as mãos.

Logo Chamdi pode ver a árvore deles. Não estão longe. Sente-se envergonhado porque Amma e Guddi vão continuar com fome. Andam um pouco mais e chegam a um restaurante de cozinha *udipi.*[2] A mulher no balcão fala ao telefone em um idioma que Chamdi não entende. Ele aprecia o som desse idioma. É como se a mulher estivesse ralhando com alguém, mas não há nenhuma raiva real na sua voz. O tom dela é brincalhão, o tipo que usaria com um amigo que tivesse esvaziado o pneu da sua bicicleta ou puxado o seu rabo-de-cavalo.

Chamdi quer saber quantos idiomas existem neste mundo. Um dia ele vai criar o seu próprio idioma. Este pensamento o deixa feliz. Vai inventar palavras que só poderão confortar, nunca ferir. Mas Chamdi se pergunta se as pessoas da Terra terão o poder de falar com beleza. Ele criará um idioma onde não exista a palavra "não". Assim, o seu pedido por comida sempre terá o resultado desejado.

"Você conhece o dono da padaria?", pergunta Chamdi.

"Muchhad?"

---

[2] Tipo de cozinha do sul da Índia, predominantemente vegetariana. (N.T.)

"Este é o nome dele?"

"Eu o chamo assim porque ele tem um bigode enorme. Por que você pergunta?"

"Será que ele nos daria pão?"

"Hah! Aquele avaro não nos deu nada nem sequer quando meu pai morreu. Ele é um bastardo ruim que bate na própria esposa."

"Como você sabe?"

"Ele vive em cima da padaria. À noite, ouvimos os golpes e a esposa dele chorando. Como pode um homem assim nos dar pão?"

"Quer que eu tente?"

"Nem pense."

"Não faz mal tentar." Chamdi está a ponto de cruzar a rua em direção da padaria, mas Sumdi o interrompe.

"Nós temos que tentar", diz Chamdi. "Amma e sua irmã devem estar com fome."

"Eu nunca ando naquele lado da rua."

"Por que não?"

"Depois que meu pai morreu, nós não nos aproximamos da padaria. Amma nos fez prometer nunca ir até lá de novo. Ela disse que era um lugar de azar. Acho que estava preocupada que algo nos acontecesse. Mas veja só, foi ela que ficou louca."

"Então por que você continua vivendo aqui?"

"Amma não quis ir embora. Ela só queria ficar

olhando a rua e... o sangue de meu pai ainda está lá. De alguma maneira aderiu à rua. Recusou-se a sair."

"Nós temos que tentar conseguir comida", diz Chamdi.

"Comida não é problema. Há um restaurante chamado Gopala não longe da árvore. Meu pai resolvia pequenos negócios para o dono. Às vezes ele nos dá sobras depois da hora do almoço. Comida não é problema. Não estamos passando fome."

"Então qual é o problema?"

"O problema é que nós vivemos. Só conseguimos comida suficiente para ficar vivos e somos forçados a viver para sempre neste inferno."

Assim que Sumdi diz isto, Chamdi avista o velho mendigo que vira no dia anterior perto da loja de bebidas. O homem mudou de lugar, mas as moscas o seguiram e continuam zumbindo ao redor de seu rosto. Os olhos do mendigo estão fechados, mas ele está falando sozinho. Amma também fala sozinha, pensa Chamdi. Uma cidade com tantas pessoas e eles não conseguem falar com mais ninguém.

Os olhos de Chamdi estão fixos nos pães doces expostos na padaria. Olha para o pequeno quarto que fica sobre o estabelecimento, a sua janela minúscula, e sente pena pela esposa de Muchhad, que tem de passar os seus dias lá como um animal engaiolado. Então os olhos de Chamdi fixam uma mancha na rua. Embora não consiga ver o sangue, sente que aquele é o lugar exato onde o pai de Sumdi foi atropelado por um carro. Acha bom que o som não consiga manchar a rua. Seria doloroso se o som do carro que atropelou o pai de Sumdi estivesse preso ali, bem como os gritos de Amma. Os passantes seriam forçados a ouvir aqueles sons todas as manhãs.

Sumdi tira a sua camisa creme e esfrega o peito suado com ela. Usa a camisa para esfregar também as axilas e a atira dentro do *kholi*. Sumdi é forte. Ele não é bem-conformado, mas seu corpo é musculoso, e a impressão é a de que seus músculos estão vivos e respirando. Sumdi senta-se no chão com a perna de pólio estendida à sua frente.

"Tire o seu colete", diz para Chamdi. "Está quente."

"Não, estou bem", diz Chamdi.

"Seja homem. Tire."

Chamdi quer tirar o colete porque realmente está fervendo, mas sente vergonha por suas costelas se sobressaírem do tórax; até o menino no táxi ficou horrorizado e deu dinheiro para Chamdi. "Não, eu gosto assim", ele diz.

"Você gosta de sentir o suor gotejando pelo seu corpo? Você foi um porco na sua última vida? Tire o colete. Tire logo, caso contrário eu mesmo o arrancarei."

Com um movimento rápido que até o surpreendeu,

Chamdi tira o seu colete. Nunca ninguém tinha visto o seu peito nu e agora, de repente, ele retirou o colete na calçada em frente das pessoas.

"Oh, meu Deus", exclama Sumdi. "Você está mais magro que as barras de um templo! Não terá problemas para entrar."

"Eu disse para você, as minhas costelas..."

"Estou aborrecendo você, não é? Você é muito sensível. Nesta cidade, a gente precisa ser *harami*."

"O que é um *harami*?"

"Um bastardo sem-vergonha! Olhe para mim, eu tive pólio. Eu tento esconder a minha perna ou fingir que é uma bengala?"

"Como você poderia esconder a sua perna?"

"Isto é outra coisa. Você não tem imaginação."

"Eu tenho, sim."

"Prove. Prove que você não é sensível e que tem imaginação."

"Se eu provar, então vou ficar com o dinheiro que ganhei pedindo."

"Já trapaceando! Você está aprendendo logo."

"Certo, então aqui estou eu caminhando com meu peito à mostra. Isto significa que não sou sensível."

"Isto não significa nada. Faça uma demonstração."

"Que tipo de demonstração"

"Veja."

Sumdi olha para trás e vê dois homens do outro lado da árvore, um velho e um jovem, que conversam e fumam seus cigarros. O jovem está segurando a frente da camisa branca com as pontas dos dedos e assoprando sobre o peito para se refrescar.

"Olhem aqui", Sumdi grita para os dois homens. "Eu lhes darei um enigma. Aquele que resolver ganhará um prêmio!"

A fumaça que sai da boca do velho incomoda Chamdi. Ele sente pena do céu. Não só tem que inalar fumaça, mas também tem que olhar para baixo para um lugar onde há mendigos em vez de flores. É um céu que tem de ouvir os gritos da esposa de Muchhad.

O velho parece de bom humor, mas o jovem não parece estar se divertindo. Ele limpa a garganta e escarra sobre o chão.

"Quantas pernas eu tenho?", pergunta Sumdi.

O velho não responde. Continua soprando fumaça.

"E aí, você pensa que é fácil?", escarnece Sumdi.

"Duas", responde o velho.

"Errado!", grita Sumdi. "Vou perguntar para o seu amigo. Quantas pernas eu tenho?"

O jovem não responde. Ele faz um gesto para que Sumdi se afaste.

"Ele não está de bom humor. A esposa dele o deixou? A namorada dele não gosta do jeito que ele faz amor?"

"Caia fora daqui antes que eu lhe dê uns tabefes na cara", diz o jovem.

"Você vai bater numa criança inocente que não pode nem mesmo andar? Você é um homem ou o quê?"

O velho ri. Os seus olhos são pequenos e verdes, e Chamdi acha que ele deve ser do Nepal, como Kaichi do orfanato.

"Certo, *kaka*, eu só falarei com você", Sumdi se dirige novamente ao velho. "Vou perguntar pela última vez: quantas pernas eu tenho? Antes de você responder, eu lhe darei uma dica. Uma perna não funciona. Qual é?"

Sumdi dá alguns passos ridículos.

"A direita", diz o velho.

"Certo. Agora, qual é a outra perna?"

"A perna esquerda."

"Agora, qual é a perna mais poderosa? A perna escondida? A perna mais importante, a perna do seu amigo que provavelmente *não* está trabalhando e é por isto que ele está de mau humor?"

"*Bhadwa*,[3] vá para o diabo que o carregue", o jovem diz para Sumdi.

"Sua perna do meio está com dificuldades e você está me chamando de cafetão? De qualquer maneira, *kaka*, você não adivinhou, não ganhou o prêmio. Agora tem que me pagar."

[3] Cafetão. (N.T.)

"Eu não vou lhe dar dinheiro", diz o velho.

"Dinheiro? Isso é tudo o que há para dar? Que tal amor? Ninguém mais ama? Que tal me dar um pouco de amor? Ou, se você não puder dar amor, então me dê um cigarro, está bem?"

O velho põe a mão no bolso da sua camisa cinza, tira um cigarro e o lança para Sumdi, que não consegue agarrá-lo. O cigarro cai ao chão. Ele o apanha e se volta para Chamdi novamente.

"O trabalho que você precisa fazer para conseguir um cigarro", ele murmura. "Então, você viu? É assim que se faz. Agora é a sua vez."

Chamdi está quieto.

"Em que você está pensando?", pergunta Sumdi.

"Eu... qual é a resposta do enigma?"

"Hã?"

"Qual é a perna escondida?"

"Oh, você é um idiota. Você, um bobo infeliz que passou a vida inteira num orfanato, pobre menino, sabe ler e escrever, mas ninguém lhe falou sobre a sua perna escondida. Envergonho-me de compartilhar o mesmo sol com você. Mas não se preocupe, hoje à noite irá descobrir a sua terceira perna, e que noite mágica será para você, *chamatkaar*![4] Nunca mais vai tirar a mão da sua perna. Mas, antes de tudo, tem que completar a sua parte do

4 Milagre! (N.T.)

trato. Agora organize um espetáculo para mim, entretenha-me enquanto eu fumo e assim posso me sentir como um rei. Vamos logo, faça algo."

"Eu vou contar uma história", diz Chamdi.

"Eu cuspo em histórias!"

"Minha história."

"Será sem graça, uma história bem educadinha. Esqueça, apenas venha se sentar perto de mim."

Sumdi procura a caixa de fósforos. Com o cigarro já na boca.

A princípio, Chamdi pensa se deve escolher uma história de *Chandamama*, entretanto decide inventar a sua própria história porque se sente magoado quando Sumdi o acusa de não ter imaginação. Imaginação é algo particular, mas talvez esteja na hora de compartilhar a sua com o amigo. Chamdi irá contar a sua própria história, mas acrescentará e eliminará alguns detalhes secundários para valorizá-la.

"Esta é a minha história", começa. "Chama-se 'O menino cujas costelas se tornaram dentes de elefante e deixaram o seu corpo'."

Sumdi quase derruba a sua caixa de fósforos.

Chamdi continua: "Até que você termine de fumar esse cigarro, a história estará terminada e, se você gostar terá de me dar o dinheiro que eu ganhei."

"Aceito o desafio, você é um pobre bobo que não tem conhecimento da sua terceira perna."

"Era uma vez um menino muito magro. Sempre que ele comia, a sua imaginação gastava toda a comida porque a mente era o seu músculo mais forte, e ele pensou pensamentos que ninguém mais teve a coragem para pensar."

"Como o quê?"

"Da próxima vez que você me interromper eu transformarei a sua perna dura em um chicote que lhe dará cem chibatadas."

"Boa!", gritou Sumdi. "Assim que eu gosto!"

"O menino sonhou com muitas coisas, embora fosse pobre e não tivesse um pai. Sonhou com Bombaim e em como ela era maravilhosa, e como as pessoas ajudam umas às outras e não brigam ou roubam. Cada vez que via algo horrível na rua, algum ato de crueldade, as suas costelas se ressaltavam mais e, no princípio, o menino não entendia o porquê disso. Por que as minhas costelas estão se ressaltando?, ele se perguntava. Mas, um dia, as suas costelas falaram com ele. As costelas disseram: *Nós não somos costelas, somos presas de elefante, e estamos aqui para mudar o mundo*. E o menino falou para as costelas se calarem, porque o que aconteceria se alguém percebesse as suas costelas falando? Mas ele não conseguiu ter nenhum controle sobre as costelas, da mesma forma que as pessoas pareciam não ter nenhum controle sobre as suas ações cruéis. Um dia, quando o menino estava caminhando pela estrada, ele viu outro menino que tinha tido pólio. E isso não fora a única coisa injusta para com o menino. Era como se o menino da pólio não tivesse nenhum cérebro porque ele também fumava, mas no fundo tinha bom coração. E então um homem horrível chamado Anand Bhai veio até o menino, tirou uma faca e disse: 'Todo o dinheiro que você ganhar é meu', e esse valente menino da pólio tentou se defender, lutou como um tigre com a sua perna ruim, mas Anand Bhai estava ganhando e então, de repente, o menino das costelas notou que as suas costelas estavam começando a sair do seu corpo. Elas se tornaram iguais a presas de elefante afiadas e saíram do seu peito, mas o menino não sentiu nenhuma dor, e uma das presas de elefante voou fora e mergulhou nas costas de Anand Bhai dizendo: *Deixe este menino da pólio em paz, ele é amigo das presas de elefante*. E Anand Bhai correu para longe, como um homem enlouquecido com uma presa de elefante nas costas. Depois disso, todas as pessoas horríveis foram perseguidas pelos dentes de elefante. Como aquele Muchhad que possui a padaria; um dente de elefante veio diretamente para cima da vitrine de sua padaria, esmagando-a, e disse: *Dê pão aos mendigos, caso contrário, da próxima vez mergulharei na sua garganta*. E isso continuou até que as pessoas ruins perceberam os seus erros. E então, finalmente, as presas de elefante voaram para dentro do corpo do menino-dono, satisfeitas de que as pessoas tivessem mudado."

Embora o cigarro de Sumdi tenha queimado quase todo, ele não deu uma única tragada. A sua boca está ligeiramente aberta e ele encara Chamdi. Mas Chamdi permanece calado porque está recuperando o fôlego e esperando que uma coisa assim seja possível, que as suas costelas possam se tornar armas que realmente protejam os bons.

"Seu cigarro terminou", Chamdi diz, depois de uma longa pausa.

"Eu... o quê?" Sumdi olha para o cigarro. "Não, não terminou."

"Eu quero meu dinheiro."

"Onde diabos você arrumou uma história como essa?"

"A mente pode fazer qualquer coisa."

"Você é um campeão. Se contar esta história à noite, será mais forte e eu sentirei como se uma presa de elefante estivesse no meu traseiro."

"Agora me dê o meu dinheiro."

"Eu não posso, você é um pedinte. A regra é, não importa o que aconteça, nós temos que dar para Anand Bhai no mínimo vinte rupias. Por pessoa."

"E se eu não fizer vinte?"

"É seu primeiro dia. Acho que não tem problema."

Chamdi se pergunta se Sumdi inventou Anand Bhai.

Mas Sumdi foi amável com ele. Pode querer roubar, mas não é um mentiroso. Um mentiroso é pior que um ladrão.

Chamdi olha para as suas costelas e a pele que as recobre, e como elas brilham ao sol parecendo presas de elefante. E se ele for o maior bobo do universo por criar a magia onde ela não existe, numa cidade onde só ouviu gritos de dor e nem um único grito de alegria? Antes de Chamdi poder responder à sua própria pergunta, Amma se aproxima deles por detrás da alvenaria do edifício incendiado. O bebê está em seus braços. Guddi segue Amma, segurando um pequeno pacote marrom numa mão, e pelas manchas no papel marrom Chamdi supõe que a sacola contém comida. Na outra mão, Guddi segura a caixa de madeira que Chamdi viu à noite, aquela com o Om gravado.

"Então você conseguiu alguma coisa?", Guddi pergunta.

"Vinte ao todo", diz Sumdi.

"Eu consegui quinze", diz a menina. "Vendi um Laxmi e um Hanuman."

Guddi coloca a sacola de papel marrom e a caixa de madeira no chão. Quando ela abre a caixa, Chamdi não pode acreditar na excitação que o invade. É como se estivesse novamente no orfanato, olhando para as buganvílias. A caixa contém miniaturas de deuses, esculpidas em barro, pintadas de amarelo, rosa, vermelho, azul, verde, laranja e roxo. Há Hanuman, o deus macaco com as suas pernas poderosas e a sua clava; Shiva, com as najas entrelaçadas nos seus símbolos; Ganesha, com as suas orelhas de elefante, e Krishna, que segura uma flauta imaginária. Estes são os que Chamdi reconhece. Ele quer saber por que não há nenhum Jesus.

"Foi você quem fez?", pergunta para Guddi.

"Não", diz a menina. "Uma velha é quem faz. Eu apenas vendo para ela. E ela me dá a metade."

"Então você não mendiga?"

"Não. Eu trabalho."

"Sumdi, por que você também não trabalha?", ele pergunta.

"Eu lhe disse. Anand Bhai não deixa. Você tem que ter uma autorização. E eu já tenho um trabalho. Eu sou os olhos dele."

Amma entra no *kholi*, senta-se e põe o bebê no chão.

"O que tem na bolsa?", pergunta Sumdi.

"*Vada-pav*",[5] diz Guddi.

"Aah!"

"Uma mulher nos deu alguns. Eu já comi."

"Há bastante para todos?"

"Um para cada um. Amma não comeu. Eu acho que o bebê pode morrer logo."

A maneira crua como Guddi diz isso choca Chamdi.

[5] Um dos alimentos vegetarianos mais comuns da Índia; em geral é um enrolado de massa de batatas, recoberto com folhas de verdura, frito, condimentado e servido no pão. (N.T.)

Ele sente como se tivesse perdido a vontade de comer.

"Por que você diz isto?", pergunta Sumdi.

"Os lábios dele ficaram brancos como os de um fantasma. Inclusive os de Amma."

"Vamos comer", diz Sumdi.

Chamdi pega o seu colete branco e o veste. Sumdi apanha a comida tranqüilamente das mãos de Guddi e a inspeciona. Então olha para Amma, que retribui o olhar como se Sumdi não fosse o filho dela, mas uma estátua de pedra. Guddi se deita na calçada quente. Fecha os olhos e os aperta mais quando o sol lhe golpeia a face.

Sumdi oferece a Chamdi um pouco de comida. Chamdi perdeu o apetite, mas, mesmo assim aceita o *vada-pav*. A batata, colocada em uma única fatia de pão, ainda está morna. Tem um molho verde picante, bem como uma dose generosa de *masala*[6] vermelho picante.

Sumdi põe o *vada-pav* inteiro depressa na boca e o engole tão rápido quanto possível. Então tira um outro da sacola de papel marrom, amassa a sacola e a joga fora. Ele põe o *vada-pav* nos lábios de Amma, mas ela não abre a boca. Em vez disso, estende ambas as mãos lentamente para aceitar a comida, como se fosse uma oferenda. Sumdi deposita o *vada-pav* nas mãos dela. Amma coloca o *vada-pav* no chão e o esfrega na sujeira antes de levá-lo à boca.

---

6 Molho à base de vários temperos. (N.T.)

SETE

Enquanto a noite surge acima da árvore, Sumdi conta os ganhos do dia. Chamdi e ele mendigaram toda a tarde. Sumdi tem agora vinte e cinco rupias dele mesmo. Chamdi tem apenas sete. Ainda não podem comprar nada com o dinheiro. Anand Bhai deve receber toda a quantia. Ele irá separar a sua cota e lhes dará o que sobrar. Mais importante, Chamdi deve ser apresentado a Anand Bhai, porque, se Anand Bhai descobre que uma nova pessoa está mendigando na sua região sem permissão, poderia lhe cortar o polegar ou um dedo do pé.

Chamdi observa Sumdi caminhar na direção do edifício incendiado para se aliviar. Embora agora Chamdi esteja sozinho com Guddi, a garota nem sequer olha para ele. Chamdi quer perguntar onde está Amma, mas desiste da idéia. Pensa no que faria se Amma fosse a sua mãe. Ele nunca a deixaria, não importa se estivesse louca.

Cheira o pano branco que está em volta do seu pescoço. Cheira mais a ele que ao seu pai. Chamdi não consegue entender como aquele pequeno pedaço de tecido já envolveu o seu corpo inteiro.

"Pare de brincar com o seu lenço", diz Guddi. "Por que você usa esse lenço estúpido ao redor do pescoço neste calor?" Ela segura uma lata de folha-de-flandres na mão e olha o seu interior, onde provavelmente há algum dinheiro. "O *puja* é amanhã", ela diz, olhando finalmente para Chamdi.

"Amanhã?"

"Então você não deve comer nada."

"Por que não?"

"Para não aumentar de peso. Você precisa estar bastante magro para deslizar pelas barras."

"Eu não vou roubar. Não disse que ia roubar o templo."

"Então por que ainda está aqui? Vá embora."

Chamdi fica chocado com as palavras duras de Guddi. Odeia que ela dê como certo que ele vai roubar. Entretanto, por que ainda está com Sumdi e Guddi? Ele deveria partir. A sua verdadeira missão é encontrar o pai. Percebe que o pano ao redor do seu pescoço está úmido de suor. Se apenas uma rajada de vento batesse naquele pano e o carregasse para longe no céu. Ele flutuaria por cima das chaminés e dos edifícios altos, e Chamdi faria bom uso dos seus pés rápidos seguindo o pano. Até que este pousasse e tocasse os pés do pai, e Chamdi faria o mesmo. Mas, em vez de um vento forte, ele tem as palavras de Guddi: "Eu vi as suas costelas esta tarde. Elas poderiam prendê-lo entre as barras. Aprenda a encolhê-las".

"Eu não quero", ele responde.

"Faça como eu digo e você vai conseguir", ela ordena. "Chupe seu estômago para dentro. Encolha o tórax e prenda o fôlego por todo o tempo que conseguir. Pratique a partir de agora até o momento em que você sair daquele templo com o dinheiro."

Chamdi olha para ela: uma garotinha num vestido marrom grande demais para o seu tamanho, pulseiras cor de laranja nos pulsos, círculos escuros debaixo dos olhos castanhos. Ele nota o modo como o seu cabelo queimado pelo sol se enrola cobrindo-lhe o olho direito, e como, embora seja noite, ela se destaca do resto da cena. É natural, Chamdi acredita que ela se destaca porque está rodeada por um edifício incendiado e por pequenas lojas vagamente iluminadas. Mas, mesmo se estivesse no meio de uma floresta, ela se distinguiria, assim como um filhote feroz de tigre no meio de uma ventania, com a grama e as árvores balançando.

"O que você está olhando?", ela pergunta.

"Eu... nada. Eu estava escutando você."

"Mesmo depois que parei de falar?"

Bem a tempo, Sumdi aparece. As suas sobrancelhas estão molhadas. Chamdi pensa, aprovadoramente, que ele deve ter lavado o rosto. Talvez Sumdi utilize a mesma torneira de água que Chamdi.

"Estamos prontos?", Sumdi pergunta.

"Para quê?", pergunta Chamdi.

"Para a nossa visita a Anand Bhai."

"Nossa visita?"

"Você é o recém-chegado. Tem que ir ao encontro dele. Se não fizer isso, partes de seu corpo começarão a desaparecer misteriosamente."

"Do jeito que está, ele tem muito pouco", murmura Guddi.

"Ah, então vocês dois ficaram amigos", diz Sumdi. "Guddi, ele falou para você que sabe ler e escrever?"

Os olhos de Guddi se arregalam, mas ela não diz nada. A garota esconde a lata que estava segurando num buraco no chão e coloca uma laje grossa de pedra por cima. "Vamos", ela diz.

"Ela também vem?", sussurra Chamdi para Sumdi. "Não é perigoso?"

"O que você está cochichando?", Guddi pergunta.

"Ele está dizendo que você é um anjo", diz Sumdi.

"Em especial quando fala", diz Chamdi, suficientemente alto para Guddi ouvir.

"Se você não gosta como eu falo, tampe as suas orelhas", ela diz. "Ou, melhor ainda, peça para Anand Bhai que as corte."

"Ela não quer isso", diz Sumdi. "Está apaixonada por você, só isso. Viu as suas costelas esta tarde e ficou tão apaixonada que todas essas palavras de amor estão saindo da sua boca."

"Só cale a boca", diz Chamdi para Sumdi. "Será que você pode fazer isso pelo resto do passeio?"

"Passeio?", diz Guddi. "Você pensa que estamos dando um passeio? Oh, nós estamos dando um passeio para encontrar Anand Bhai e no caminho vamos ver flores bonitas..."

"Guddi, ele é novo nisto", diz Sumdi. "Agora vamos ficar calados, caso contrário o nosso pequeno ladrão terá um chilique e nos deixará para sempre."

Lembre-se, uma vez ladrão, sempre ladrão. Chamdi gostaria que as palavras da sra. Sadiq não continuassem buzinando nos seus ouvidos.

Os três passam pelo edifício incendiado e seguem até chegar a uma parede cinzenta. Há um buraco ali, grande o suficiente para eles deslizarem para dentro. Do outro lado, pode se ver um pequeno pátio de recreio escolar. Assim que eles o atravessam, Chamdi observa três buracos no cascalho. Talvez ali no chão tenham sido martelados tacos de críquete, ele pensa. A idéia do críquete o anima. Chamdi sabe que não tem altura para ser um arremessador rápido, nem a força para erguer um bastão pesado e lançar a bola para fora do estádio, mas pode correr rapidamente. Ele seria o melhor jogador de campo do mundo. Se o batedor adversário enviasse a bola para a linha de limite, Chamdi correria, mergulharia, faria qualquer coisa para pegar a bola. Então, atrasaria a bola para o guarda-meta com tal força que o estádio inteiro estouraria em aplausos. Com os aplausos ressoando em seus ouvidos, ele caminha para o outro lado do pátio.

Os três alcançam outra parede, que marca o fim da propriedade escolar. Ali não há nenhum buraco na parede, mas, sim, um portão de ferro pequeno. Um cão vadio está deitado, adormecido, próximo ao portão. Respira pesadamente. Há saliva ao redor de sua boca e folhas caídas sobre o seu corpo. Quando se aproximam, o cachorro abre um olho, então o fecha e volta a dormir. Guddi se ajoelha, esfrega a barriga do cachorro e diz: "O meu Moti não está bem". Chamdi a vê aproximar o rosto da cabeça do cachorro, como se estivesse falando com o animal, mas ele não consegue ouvir suas palavras. Guddi espana as folhas do corpo do cachorro, coloca as palmas das mãos na testa dele e fecha os olhos durante alguns segundos. Então entra pelo portão que dá para uma praça.

Na escuridão, Chamdi pode ver nas janelas iluminadas vultos de pessoas que, sentadas no interior do que lhe parecem ser apartamentos de um dormitório, observam a praça embaixo. O cheiro de *beedis* é muito forte, ouve-se o grito alto de um bebê e uma cabra está amarrada a uma pequena estaca de madeira num canto afastado. A praça está extraordinariamente calma, o que o deixa intranqüilo.

"É aqui?", pergunta Chamdi.

"Sim", diz Sumdi.

"Onde está Anand Bhai?"

"Debaixo da terra", sussurra Guddi. "O chão vai se abrir e aparecerá como um fantasma."

"Pare com bobagens. Anand Bhai tem orelhas afiadas", diz Sumdi. "Chamdi, você vê aquela cabra ali?"

"Sim", responde Chamdi.

"É Anand Bhai."

Os irmãos tentam com dificuldade abafar a risada. Um velho passa cambaleando, enquanto fuma um *beedi*. Ele aponta o dedo para Sumdi e está a ponto de dizer algo quando é tomado por um acesso de tosse. Segura o peito enquanto tosse, mas toma cuidado para não derrubar o *beedi*. Quando pára de tossir, o velho cospe na direção deles e se encaminha até a cabra. Ele senta-se no chão perto do animal.

"Aquele velho odiava meu pai", diz Sumdi.

"Por quê?", pergunta Chamdi.

"Porque o velho tentou tocar a nossa Amma. Amma já foi bem bonita, você sabe."

É difícil para Chamdi pensar em Amma como uma mulher bonita. Tudo o que ele pode imaginar é o seu couro cabeludo.

"Meu pai não gostava que as pessoas olhassem para Amma", continua Sumdi, "assim, quando esse velho tentou tocá-la, meu pai deu uma surra nele. Eu farei isso algum dia com Anand Bhai."

"Não, você não vai fazer isso", diz Guddi. "Nós não estaremos mais em Bombaim."

"Voltarei só para isso", diz Sumdi raivosamente.

Os três permanecem em silêncio. Chamdi vê a luz do *beedi* do velho se tornar mais brilhante quando ele dá uma tragada.

"Agora tenha cuidado com o que você diz", adverte Sumdi. "Anand Bhai aparecerá a qualquer momento."

"Olhe, Chottu e Munna estão ali", diz Guddi.

Dois meninos se aproximam. Trazem algo nas mãos, mas Chamdi não consegue identificar o que é. Os meninos não parecem mendigos. Vestem calças *jeans* azuis e camisas e calçam sandálias de plástico.

"Quem são eles?", pergunta Chamdi. Ele sente inveja ao ver como as roupas deles estão limpas.

"O gordo é Munna. Ele vende jornais", responde Sumdi. "O magro, Chottu, é cego. Ele vende revistas de cinema. Mas ambos são ladrões treinados. Todos nos reunimos aqui à noite. Este lugar vai estar cheio num instante."

Confirmando as suas palavras, surgem quatro outros meninos. Chamdi nunca viu tais deformidades antes, e ver tudo em um só lugar é muito para ele. Assim, procura não olhar para os meninos, bem mais novos que ele: um não tem um braço, ao outro falta o nariz.

Bonitão também aparece. Chamdi tenta se livrar da imagem das moscas que preenchem o corte fundo sobre o olho de Bonitão.

O ar está parado. Os gritos do bebê diminuíram. Do lado onde está a cabra chega um menino sem pernas que usa chinelos nas palmas das mãos e um carrinho de madeira para se sentar. Ele tem uma corda amarrada na cintura. Uma menina, talvez mais velha que ele um par de anos, puxa a corda para mover o carrinho. De vez em quando, o menino apóia as palmas metidas nos chinelos no chão e dá um forte empurrão.

"O nome daquele menino é Sorte Grande", sussurra Sumdi.

"Sorte Grande?" É a primeira vez que Chamdi ouve essa expressão.

"É que ele tem sorte. Como só tem quatro anos, os estrangeiros lhe dão muito dinheiro. Ele mendiga em Colaba, uma zona rica. Anand Bhai sente tanto carinho por ele que permite que Sorte Grande vá daqui até seu ponto e volte de táxi."

Chamdi encara Sorte Grande. Como será que ele

perdeu as pernas? É cruel chamar alguém de afortunado porque não tem as pernas. Até Bonitão tem um nome que não combina com a aparência. Não haverá ninguém deformado em Kahunsha, Chamdi decide. Ele mantém o punho fechado, como se a sua cidade de sonho estivesse na palma da mão.

Logo estão amontoados num grupo. Chamdi encara Chottu, o menino cego de olhos prateados. Chottu encara todos com o rosto inclinado, uma das orelhas virada para a frente. Até Sumdi se inclina, como se ele tivesse problemas de audição.

O velho que estava sentado perto da cabra se aproxima deles, agora segurando um cesto de vime na mão. Atira o cesto no chão e vai embora. Alguém joga um par de chinelos femininos na cesta. Eles parecem novos. Um relógio de homem também é lançado bem no cesto. Um jogo de chaves. Então, roupas íntimas masculinas, novas em folha, são acrescentadas à pilha. "Quem conseguiu isso?", alguém pergunta. E vem a resposta: "É do seu pai, depois que as bolas dele foram cortadas fora, ele não precisou mais delas". Todos riem. Alguém atira uma carteira recheada no cesto.

Chamdi nota na penumbra a silhueta de um homem se erguer num dos pequenos cômodos. Seus braços se erguem acima da cabeça, firmando-se no baixo telhado. O corpo está curvado para a frente. O homem atravessa o corredor a passos largos, na direção deles, enquanto abotoa a camisa branca e passa os dedos pelos cabelos. Quando chega mais perto, Chamdi nota que os olhos do homem são de um negro penetrante, parecem injetados, e há círculos escuros sob eles.

Sumdi cutuca Chamdi com o cotovelo. Este deve ser Anand Bhai.

Anand Bhai examina o cesto de vime e esfrega a sua barba grossa. Há gotas de suor ao redor do seu pescoço e debaixo dos olhos. Retira o cabelo preto rebelde da sua testa.

"Quem conseguiu a carteira?", pergunta.

O menino cego ergue a mão.

"Conte-nos como, Chottu. Talvez estes veadinhos possam aprender", diz Anand Bhai.

"Eu a encontrei. Só isso."

"Hã?"

"Estava no chão. Eu tinha ido me aliviar atrás da loja de vídeo de Khalid e pisei nela. Alguém deve ter deixado a carteira cair."

"E eu que pensei que esse era o resultado de anos de treinamento. Cego como um motorista de caminhão e você encontra uma carteira." Anand Bhai ri, e os outros juntam-se a ele. Mas Chamdi observa que todos permanecem alerta, como se devessem parar ao seu mais leve comando.

"As chaves. Quem conseguiu as chaves?", continua Anand Bhai.

"Elas são de um carro", diz Munna.

Munna vende jornais, pensa Chamdi. E o cego é Chottu. Ele vende revistas de cinema. Chamdi percebe de repente que está fazendo uma lista mental dos seus nomes e atividades. Ele pára imediatamente.

"Estas são as chaves de um 118 NE branco", diz Munna, radiante. "Na frente da Mohan Sáris. Eu tirei isto do bolso do velho Mohan, depois que ele fechou o carro e a loja. Ele só estaciona o carro ali porque vive em cima da loja. Derrubei os meus jornais aos pés dele, então ele ficou irritado e começou a gritar. Foi fácil porque ele estava bravo. De qualquer maneira, alguém pode ir pegar o carro agora. Mohan não perceberá até amanhã cedo."

"Muito bom, Munna", diz Anand Bhai. "Agora, quem foi o idiota que pegou a roupa íntima de homem?"

"Isso também fui eu", diz Munna. "Porque, depois que você roubar o carro do Mohan, ele ficará pobre e nu, e nós lhe mandaremos esta roupa íntima só de farra."

"Da próxima vez, não se arrisque roubando roupa íntima."

"Sim, Anand Bhai."

"Os chinelos de mulher, ora essa. Eu darei isto para Rani. Munna, vá dar isto para Rani. Ela está em meu quarto. Entre devagar porque ela está nua na cama. Primeiro olhe tudo o que quiser e depois bata na porta. É o seu prêmio, já que conseguiu um carro para mim."

"Obrigado, Anand Bhai."

"Eu também quero ir", diz Chottu.

"Mas você é cego."

"Eu vou cheirar."

"Rá! Seu cachorro! Talvez da próxima vez."

"Mas eu consegui uma carteira."

"Eu disse da próxima vez."

"Sim, Anand Bhai."

Munna sai gingando. Chamdi se pergunta se alguém desajeitado daquele jeito pode ser um bom ladrão.

"Corra!", grita Anand Bhai. "Corra antes que ela se vista." Quando Munna sai correndo, Anand Bhai esfrega a barba dizendo: "Correndo atrás de prostitutas numa idade tão jovem. Muito triste".

Quando Anand Bhai está a ponto voltar a sua atenção para o resto do grupo, algo cai da camisa de Munna e vai parar sobre o chão de cascalho. Munna não olha para o chão; olha diretamente para Anand Bhai.

"O que é isto?", pergunta Anand Bhai.

Munna está perfeitamente imóvel. Ele não responde. Só se ouve a cabra berrando. Chamdi tenta discernir o que caiu no chão; mas não consegue identificar. A luz que vem do quarto de Anand Bhai é muito fraca.

"Eu perguntei o que é", diz Anand Bhai.

"Nada, eu só..."

"Traga aqui."

Munna apanha o objeto e o leva para Anand Bhai. "É uma faca", ele diz orgulhosamente ao entregá-la. A sua maneira de falar é totalmente descontraída.

A faca está dentro de algum tipo de bainha de couro. Anand Bhai a expõe. "É enorme", ele diz.

"É uma faca de açougueiro."

"Roubada?"

"Sim, o açougueiro subiu num prédio para entregar carne e deixou a bicicleta embaixo, e eu a achei na bolsa dele. É realmente enorme, então eu a peguei."

"Então você a pegou, hã?"

"Sim, é bom carregar uma faca."

"E quando você ia dar isto para mim?"

"Eu a estava guardando. Queria lhe dar como presente de aniversário."

Anand Bhai esbofeteia Munna na cara com violência. Munna oscila para trás, mas não cai. Anand Bhai está tranqüilo. Ele não olha para Munna, mas tateia a lâmina da faca com a ponta dos dedos.

"Eu já falei muitas vezes a todos, nada de armas. Se um policial descobre, então vamos ter que pagar a ele. Quantas vezes eu lhes disse isso?"

"Quem se importa com a polícia?", pergunta Munna.

Com um movimento rápido, Anand Bhai corta Munna perto do olho direito. O sangue jorra. Os chinelos que estavam nas mãos de Munna caem ao chão. Munna está terrivelmente calado e se agacha enquanto aperta o olho com as mãos. Ninguém olha direto para ele. Chottu range os dentes. Ele pode ser cego, mas parece perceber que algo terrível aconteceu. Um "aah" baixo e arrastado de Munna se junta ao berro da cabra.

"Leve-o para Darzi", diz Anand Bhai para ninguém em particular.

Limpa o sangue da faca com a sua camisa branca. Chottu conduz Munna até o quarto à sua esquerda. Um jovem abre a porta. Ele vê Munna e então olha para Anand Bhai.

"Navin, peça para Darzi que cuide desse aí", diz Anand Bhai.

"O que aconteceu?", pergunta Navin. Ele é magro e esfrega os olhos de sono.

"Munna acha que é uma pessoa especial. Cuide dele, irmão."

Chamdi deseja saber se é verdade que aquele é o irmão de Anand Bhai ou se é só uma maneira de falar. O jovem não se assemelha a Anand Bhai em nada. Ele está limpo, barbeado e é muito magro.

"Está bem, Anand", responde Navin.

Devem ser irmãos, pensa Chamdi. Ninguém chamava Anand Bhai pelo seu primeiro nome. Navin deixa Munna e Chottu entrarem e fecha a porta.

"Eu tenho algo importante para falar a todos", diz Anand Bhai. "Houve um incidente ontem à noite na cidade. Alguém sabe onde fica Radhabai Chawl?"

Ninguém responde.

"Radhabai Chawl fica em Jogeshwari", continua Anand Bhai. "Uma família hindu estava dormindo no quarto. Seis pessoas ao todo. Alguns dizem que eram nove. Nós não temos certeza sobre isto ainda. Mas a família incluía duas crianças e uma menina aleijada. Alguns homens trancaram a porta por fora e lançaram uma bomba de gasolina lá dentro pela janela. A família foi queimada viva. Alguns dizem que só a menina aleijada sobreviveu."

Anand Bhai aperta os lábios. Então ele coloca a língua entre os dentes, como se algo estivesse preso ali.

"Vocês sabem quem fez isto?", ele pergunta.

No silêncio que acompanha a pergunta de Anand Bhai, Chamdi pensa na sra. Sadiq. Talvez ela tivesse razão. Bombaim enlouqueceu e as pessoas estão se ferindo umas às outras de formas terríveis.

"Vou lhes dar uma dica", diz Anand Bhai. "Os vizinhos ouviram gritos de 'Alá-O-Akbar' quando as chamas estavam crescendo. Assim, deixem que eu pergunte novamente: quem fez isto?"

"Os muçulmanos", vem a resposta.

"Sim. Os muçulmanos", diz Anand Bhai.

"Por que eles os queimaram?", pergunta para Sorte Grande, o menino sem pernas. Chamdi fica surpreso ao ouvir a voz de Sorte Grande. Na verdade, é a voz suave de uma criança. Sorte Grande ergue uma mão em direção ao rosto, mas percebe que segura o chinelo, então ele recoloca a mão no chão, larga o chinelo e coça o seu nariz.

"Eles os queimaram por causa de Babri Masjid", responde Anand Bhai.

O nome é familiar para Chamdi. Os hindus demoliram Babri Masjid, uma mesquita em Ayodhya, um lugar distante. A sra. Sadiq tinha falado a respeito, e agora os hindus e muçulmanos estavam se agredindo uns aos outros em Bombaim por causa disso.

Alguns dias mais tarde, quando Raman estava limpando os banheiros, Chamdi perguntara por que os hindus haviam demolido a mesquita. Raman explicou que Ayodhya era o lugar onde o deus Rama havia nascido. Centenas de anos atrás, havia lá um templo. Um seguidor mogol chamado Babur demoliu o templo de Ram e construiu o Babri Masjid em seu lugar. Agora os hindus querem reconstruir aquele templo. Então, destruíram a mesquita. Na ocasião, Chamdi recusou as palavras de Raman como as de um bêbado.

Enquanto Chamdi lembra isto, Anand Bhai calmamente tira um maço de cigarros Gold Flake do bolso da camisa. Pega um cigarro e o põe na boca. Segura o cigarro entre os lábios com delicadeza e Chamdi acha que o cigarro pode cair a qualquer momento. Anand Bhai o acende com um isqueiro de ouro e fala com o cigarro aceso na boca.

"Esta vingança de muçulmanos não deveria ter acontecido. Anotem as minhas palavras, as chamas de Radhabai Chawl vão se espalhar por toda Bombaim, por toda parte", ele diz. "A ordem veio de muito alto. Haverá mais revoltas. Mortes, estupros."

Chamdi dá um passo para trás quando ouve Anand Bhai falar de mortes. Sumdi segura firmemente os ombros de Chamdi e este entende que tem de ficar tranqüilo e não deve se mover novamente.

"Eu organizei um grupo de homens", diz Anand Bhai. "Você, meninos, também precisam se juntar a eles. Haverá um bom treinamento. Preparem-se para fritar algumas garotas muçulmanas. Também serão pilhadas lojas. A polícia estará do nosso lado, não precisam ter medo."

Chamdi está inquieto. Ele não entendeu tudo o que Anand Bhai disse há pouco. Mas a palavra *mortes* lhe é conhecida.

"Agora todos vocês, rápido, me entreguem o dinheiro das esmolas", diz Anand Bhai. "Eu quero roubar o carro de Mohan ainda esta noite. Espero que esteja em boas condições, assim poderei vender logo. Sorte Grande, você quer comprar um carro?"

Todos riem. Em seguida, começam a se colocar em fila.

Bonitão, inclinado para a frente, com as rodas de rolimã do seu carrinho de madeira incapazes de se moverem livremente sobre o chão de cascalho. Anand Bhai olha para o velho que está sentado perto da cabra. O velho acendeu outro *beedi*, mas o joga imediatamente e pega uma caixa de metal sobre a qual estava sentado. Ele se aproxima de Anand Bhai e coloca a caixa de metal sobre o chão de cascalho.

Bonitão apresenta a quantia que conseguiu. Anand Bhai lhe dá a sua parte. O resto vai para a caixa de metal. Bonitão coça a cabeça vigorosamente com ambas as mãos, como se não a lavasse há várias semanas.

Quando chega a vez de Sorte Grande, Anand Bhai despenteia os cabelos do menino. Sorte Grande é mais jovem do que Pushpa, do orfanato, Chamdi pensa, e ele já sabe tanto. Chamdi fixa-se nos olhos injetados de Anand Bhai e no suor do seu tórax. Embora estejam fora, ao ar livre, o cheiro de *beedis* é muito forte. Talvez porque não tenha vento. O ar está velho e se recusa a ir embora.

Bonitão atrai a atenção de Anand Bhai para Chamdi.

"Então, quem é você?", Anand Bhai pergunta para Chamdi.

"Ele é novo aqui", diz Sumdi. "Nós o trouxemos para receber a sua bênção."

"Eu estou perguntando para o menino."

"Meu nome é Chamdi."

"Chamdi? Que tipo de nome é este?"

Chamdi sabe que as respostas dele devem ser breves. Uma falta de respeito resultará em sangue.

"Meu pai me deu esse nome."

"Onde está seu pai?"

"Morreu."

Chamdi está surpreso com a rapidez das suas respostas. Mas nunca revelará que está à procura do pai.

"Sumdi lhe explicou as regras?", pergunta Anand Bhai.

"Sim."

"Explique para mim."

"Tudo o que nós conseguirmos é seu."

"Regra adorável."

"Então você nos devolve tudo o que acha que é certo."

"E você viu o que aconteceu com Munna, ele não seguiu as regras. Ficou com uma faca. Ele me desrespeitou. Agora, durante algum tempo, você vai mendigar. Procure conhecer realmente bem o seu trabalho. Então, aos poucos, você progredirá até poder roubar. Nenhum roubo até você ser treinado."

"Sim."

"Sim o quê?"

"Sim, Anand Bhai."

"Bom. Esta foi a sua primeira noite e eu estou de bom humor. Por isso você fica com tudo o que ganhou."

Chamdi fica alegre ao ouvir isso. Mas ele se corrige imediatamente. Não está orgulhoso do modo como ganhou o dinheiro.

Anand Bhai se volta para Sumdi. "Então, como estão indo os meus olhos? Viu alguma coisa útil?"

"Sim", diz Sumdi. "Na Estrada de Lamington tem uma joalheria. Todas as segundas-feiras à tarde, por volta das três horas, uma mulher jovem vem comprar jóias. Parece ser recém-casada. Ela chega sozinha com o motorista e ele não é muito forte. Eu vigiei durante um mês, e ela vem todas as semanas, às segundas-feiras, sem falta."

"Humm. Nós iremos preparar alguma coisa."

Sumdi conta para Anand Bhai quanto dinheiro ganhou. Ele fica com a sua parte e deposita o resto na caixa de metal.

Então Anand Bhai pergunta para Guddi: "Você vendeu alguma coisa hoje?".

"Um Laxmi, um Hanuman, um Ganesha", ela responde.

Um lamento vem do quarto à esquerda deles. Um brilho emana da janela aberta, é a luz de uma chama, uma lanterna a óleo, talvez.

Anand Bhai estala a língua. "Darzi deve estar costurando Munna", ele diz a Guddi. "Então você não pode entrar no quarto agora. Mas a velha fez mais deuses para você. Venha amanhã de manhã."

"Sim, Anand Bhai."

"Não se preocupe, Munna é um menino forte."

Anand Bhai diz isto como se agora lamentasse ter cortado Munna. Todos eles se levantam em silêncio e ouvem mais lamentos. Quando Chamdi olha fixamente para o quarto, vê sombras na parede, formas vagas, e entende agora por que o homem é chamado Darzi. Ele é o alfaiate de Anand Bhai, o que faz as costuras sujas. Darzi deve estar usando agulha e linha para costurar Munna, enquanto Chottu o imobiliza. Chamdi gostaria de saber se Darzi é realmente um médico, provavelmente não. Espera que Munna consiga algum remédio para aliviar a dor.

"Eu vou ver como está Munna", diz Anand Bhai. "Todos vocês vão para casa." Ele se vira para Sumdi. "No caminho, alimente Dabba. Aqui está algum dinheiro, compre carne de carneiro para ele. Não acredito que alguém tenha ido até ele desde ontem. E diga que irei me informar mais tarde esta noite. É melhor ele ter alguma coisa."

Quando Anand Bhai está entrando no quarto de

Darzi, um grande carro branco surge no *adda*.[1] O motorista mantém o motor em funcionamento, enquanto os faróis do carro brilham sobre o cascalho, e Chamdi pode ver todas as pedras e os seixos. A porta de trás do carro se abre e de lá sai um menino. Chamdi fica feliz em ver que o menino não tem nenhuma deformação. Na verdade, ele parece muito limpo, como se tivesse sido esfregado por inteiro. A sua camiseta azul e o *short* branco parecem novos. Ele é tão jovem quanto Chamdi, os seus traços são muito delicados e o cabelo está caído sobre os olhos. Chamdi pensa que este menino poderia ser confundido facilmente com uma garota.

Anand Bhai sai do quarto de Darzi e vai até a janela do motorista. Os vidros são escuros. Uma mão masculina entrega um pacote na mão de Anand Bhai e a janela se fecha. Anand Bhai enfia o pacote dentro de suas calças pretas, na parte da frente, e observa o carro dar a volta e se afastar.

O menino fica parado por um instante. Então, anda tranqüilamente na direção de Anand Bhai. Enquanto caminha, olha para Chamdi, provavelmente porque percebeu alguém novo. Chamdi lhe sorri, mas o outro não lhe retribui o sorriso. Simplesmente caminha com passos desanimados para o outro lado do cascalho, como se não tivesse para onde ir. Então, de repente, cai ao chão e Chamdi

[1] Pátio. (N.T.)

se apressa em ajudá-lo. Assim que se ajoelha ao lado do menino, nota o seu *short* branco. Há uma mancha escura de sangue nele e gotas de sangue escorrem pelas coxas do menino. Chamdi não consegue tirar os olhos do sangue. Ele quer saber por que o outro está sangrando. Anand Bhai se agacha e dá uns tapinhas leves nas bochechas do menino. Por um momento, os olhos de Anand Bhai fixam Chamdi. Anand Bhai sorri e Chamdi desvia o olhar. Anand Bhai apanha o menino e o leva para o seu quarto.

Sumdi conduz Chamdi para longe. Agora os três percorrem um caminho novo. Chamdi os segue, prestando pouca atenção aos arredores. Não consegue esquecer o menino. Embora tivesse visto muitas pessoas deformadas, havia algo naquele menino que o perturbou. Chamdi não entende por que Anand Bhai sorriu para ele e por que aquele sorriso lhe provocou arrepios.

"Quem era aquele menino?", pergunta Chamdi depois de um tempo.

Guddi apanha um ramo quebrado do chão e bate com ele na parede que rodeia um conjunto de edifícios. Há um anúncio do sabonete Lifebuoy na parede.

"Quem era aquele menino?", Chamdi pergunta novamente. "Havia sangue nele..."

"Ele é Khilowna",[2] responde Sumdi.

Que nomes estranhos estas pessoas têm, pensa Chamdi. Bonitão e Sorte Grande são nomes que não combinam nada com a aparência de seus donos. E agora este menino é chamado de brinquedo.

"Por que o chamam de Khilowna?", ele pergunta.

"Você tem que saber de tudo?", pergunta Guddi com rispidez.

"Eu só..."

"Ele precisa saber", diz Sumdi. "Deixe que ele saiba. O menino é chamado de Khilowna porque os homens adultos brincam com ele. Eles o machucam de várias formas sujas. O sangue que viu, era porque..."

"Sumdi...", interrompe Guddi.

"De qualquer maneira, ele pertence a Anand Bhai. Ele parece bonito, mas é imundo, ele é..."

"Chega", diz Guddi.

Há uma expressão de desgosto no rosto de Sumdi. Chamdi pensa ter entendido o que Sumdi contou. Mas não completamente. Sente pena do menino e, depois, muito medo. Mas não entende completamente o seu medo.

Permanecem quietos durante algum tempo. Um guarda bate o seu grande bastão no chão e patrulha o conjunto de edifícios. Ele percebe os três e começa a bater com mais força. Sumdi caminha mais lentamente de propósito.

---

2 Um tradicional artesanato indiano de bonecas. (N.T.)

Isto parece incomodar o guarda, mas ele não faz nada.

"Eu quero alimentar Moti", diz Guddi.

"Ele é um cachorro. Pode tomar conta de si mesmo", diz Sumdi.

"Mas ele não está bem."

"Não agora. Depois."

Guddi não discute. Ela caminha de cabeça baixa. Chamdi está arrependido de ter perguntado sobre Khilowna. Parece ter deixado Sumdi com raiva. Chamdi preferiria não ter visto Khilowna. Por que Anand Bhai sorriu para Chamdi daquela maneira? Ele se distrai olhando para um pacote de biscoitos de nata que pende de um elástico azul numa loja de *beedi*. Alguns pacotes de pão fatiado estão sobre o balcão.

Bem na frente da loja de *beedi* está um homem que vende costeletas de carneiro. O seu rosto é escuro e suado por causa do carvão da grelha. Chamdi vê as gotas de suor no rosto dele. O homem troca saudações com Sumdi, que tira a nota de dez rupias que Anand Bhai lhe deu e a entrega ao homem.

"Você está bem?", Guddi pergunta para Chamdi.

"Não, eu..."

"Você logo ficará bem", ela diz. "Quando se vive nas ruas, a gente vê tudo em poucos dias. A gente vê em poucos dias aquilo que a maioria dos adultos vê durante toda a vida. Isso é o que o meu pai dizia. Não se preocupe."

"Sim", responde Chamdi. "Obrigado."

É a primeira vez que ela falou suavemente com ele desde a noite em que o encontrou. O homem gira o espeto com a carne de carneiro e enxuga o rosto com a manga da camisa.

"Agora você vai conhecer Dabba", ela diz. "Eu gosto de Dabba."

"Quem é Dabba?", pergunta Chamdi.

"Dabba é um mendigo. Ele está há muito tempo com Anand Bhai."

"Mas por que Anand Bhai está pedindo a Sumdi que o alimente?"

"Você vai ver."

Chamdi não gosta que esse homem se chame Dabba.[3] Significa que ele deve se assemelhar a uma caixa. Desta vez Chamdi não pergunta. É melhor deixar os nomes em paz.

Quando ficam prontas, Sumdi pega as costeletas de carneiro, que são embrulhadas em jornal. Ele coloca uma na boca e imediatamente cospe no papel. "Quente", ele ofega. O homem ri, as brasas do carvão da grelha fazem brilhar as gotas de suor na sua face. Assim que saem, Guddi passa uma costeleta de carneiro de mão em mão. Assopra a carne e então, embora ainda esteja quente, dá uma mordida. Sumdi engole também um pedaço. Ele oferece a carne para Chamdi.

[3] Caixa, em hindu. (N.T.)

"Coma enquanto estiver quente", ele diz.

"Mas não é a comida de Dabba?"

"Despesa de frete. Agora, deixe de ser santo e coma."

"Não alimente Chamdi", diz Guddi firmemente. "Ele tem que passar pelas barras do templo."

"Deixe ele comer", diz Sumdi. "Caso contrário, o bobo vai desmaiar quando correr."

Chamdi não espera pela aprovação de Guddi. Saboreia o gosto da carne de carneiro que se derrete na boca. "É a primeira vez em minha vida que estou comendo carne de carneiro", ele diz.

"O quê?", pergunta Sumdi.

"No orfanato, tudo o que nós tínhamos eram legumes, arroz e grão-de-bico."

"Parece uma prisão horrível."

"Não, era bom. Havia camas. Nós aprendemos a ler e a escrever."

"Você e a sua leitura e a sua escrita. Que desperdício! Diga, se Munna soubesse ler e escrever, ele teria conseguido impedir que o seu olho fosse arrancado fora?"

"O olho foi arrancado? Saiu para fora?"

"Eu espero que sim."

Chamdi está chocado. "Por quê?"

"Eu não gosto de Munna. Ele quer ser chefe algum dia. Só sabe falar sobre cortar e matar o tempo todo."

"Mas Munna pode ficar cego, não é?"

"Quem sabe? De qualquer maneira, você gostou da costeleta de carneiro?"

"Sim."

"Você sabe que costeleta de carneiro era?"

"O que você quer dizer?"

"Que costeleta era, de vaca, de cabra, de cordeiro."

"Eu não sei."

"Era de cachorro."

"O quê?"

"Esses vendedores matam cachorros vadios e cozinham a carne."

Chamdi encara Sumdi com horror. Poderia ser esta mais uma das brincadeiras de Sumdi? Chamdi se volta para Guddi com a intenção de avaliar a sua reação. Mas ela não está rindo.

"Acha que eu comeria um cachorro?", ela pergunta para Chamdi. "Você viu como eu me sinto a respeito do meu Moti. Acredita que eu comeria Moti?"

"Graças a Deus", diz Chamdi. "Eu me senti mal."

"Eu só como os cachorros que não conheço", ela diz.

As risadas alegres de Sumdi cortam o ar da noite. Ele embrulha o resto da carne de carneiro com papel, então bate nas costas da irmã. Ela revida batendo mais forte nas costas de Sumdi. Como podem estar tão relaxados depois do que testemunharam há pouco? É como se

Chamdi não pudesse absorver completamente esse estranho mundo novo.

"Eu não entendo uma coisa", ele diz para Sumdi,

"Sim, diga."

"Se Anand Bhai pode ganhar dinheiro roubando carros, por que ele precisa de mendigos?"

"Mendigar é um grande negócio, só por isso."

"Então, com todo esse dinheiro, ele é rico?"

"Mais importante que isso, ele *nos* mantêm pobres. Nós não morremos de fome, mas é este o nosso desejo. Homens como Anand Bhai garantem que não tenhamos nenhuma possibilidade de sair daqui. Sentimos muito medo de arrumar um emprego de verdade porque ele virá atrás de nós. Nós trazemos dinheiro para ele, nós levamos informações para ele. Uma vez que você entra nesta armadilha, ela se torna a sua vida. É por isso que estamos roubando o dinheiro do templo. Nós queremos sair deste inferno."

"O que acontece se ele nos pega?"

Sumdi não responde. Os três estão novamente na rua principal. Esta rua é cheia de lojas de sári e de jóias. Também tem uma delegacia de polícia com faixas azuis e amarelas em seus pilares. Que estranho tigre não seria?, pensa Chamdi.

Um policial-tigre.

Chamdi fica entusiasmado com o pensamento.

Talvez o verdadeiro policial de que Bombaim necessita, tigres fortes para ajudar a manter Bombaim segura. Um dia, as paredes dessas delegacias de polícia tremerão e tigres vão surgir dos seus pilares para patrulhar as ruas. Então nós iremos ver quem é que vai se rebelar, pensa Chamdi.

Quer contar isto para Sumdi e Guddi, mas Guddi se afasta, começando a andar em outra direção. Sumdi não parece notar. Chamdi percebe que a mente de Guddi está em Moti. Ele aprecia que a garota se preocupe com um cachorro vadio doente, embora mal-e-mal tenha alguma comida para si mesma.

Pouco depois, Sumdi e Chamdi param diante de uma joalheria chamada Shree Satyam. A loja fica trancada durante a noite e as luminárias de rua lançam altas sombras sobre as suas portas marrons. As portas de aço refletem mal a luz, e Chamdi pode ver que um cadeado de aço as mantém fechadas. Sumdi o leva até uma ruela estreita ao lado da loja. Fios elétricos e canos do edifício estão expostos, e de um dos canos mais grossos está escorrendo água, que cai sobre uma cabeça humana.

Assim que os olhos de Chamdi se adaptam à pouca luz da ruela, ele distingue um homem com pouquíssimos cabelos na cabeça e absolutamente nenhum pêlo no corpo. Este homem não tem braços nem pernas. É somente um pedaço quadrado de ser humano. Está deitado de costas no chão e não tem nenhuma escolha a não ser deixar a água, ou o que quer que seja, cair sobre si. Quando ouve os recém-chegados, vira a cabeça de lado e abre os olhos. Um cheiro imundo emana daquele ser.

"Dabba", diz Sumdi. "Comida."

No instante em que ouve a palavra "comida", a sua boca se abre. Com os olhos bem fechados, ele espera. Sumdi põe uma bola de carne de carneiro na boca do homem. Dabba mastiga depressa e a engole. Abre a boca novamente. Sumdi põe uma segunda porção em sua boca. Um pedaço de pano envolve a cintura de Dabba. Está imundo, mas o impede de ficar nu. Ele é simplesmente uma cabeça e um torso viventes. Dabba terminou de comer o terceiro e último pedaço de carne. Lambe os lábios e abre bem os olhos. Algumas gotas de água respingam sobre o seu tórax.

"Você pode me mover?", ele pergunta para Sumdi. "Desde ontem este cano está vazando e me tortura."

Sumdi acena para Chamdi. "Ajude-me a erguê-lo", ele diz.

Dabba parece ter aproximadamente cinqüenta anos. Seus olhos são amáveis, pensa Chamdi. Talvez pelo fato de que ele é forçado a olhar para o céu o dia inteiro. Eles até adquiriram algo da cor azul-cinzenta de um céu noturno.

"Segure e levante ele", ordena Sumdi.

Sumdi o pega pela cabeça. Chamdi segura Dabba pela cintura. Eles erguem o torso. Chamdi prende a respiração, o cheiro é insuportável.

"Vamos colocá-lo aqui", diz Sumdi para Dabba.

Eles o põem no chão mais para trás, só um pouco afastado do cano que vaza. Chamdi observa as suas mãos. Elas estão limpas.

"Quem é o novo menino?", pergunta Dabba.

"É o meu amigo Chamdi."

"Obrigado por me erguer", diz Dabba.

Chamdi acena com a cabeça. Não consegue olhar Dabba nos olhos, embora estes o façam lembrar-se do céu.

"Sumdi", diz Dabba. "Por favor, coce o meu torso. Eu estou enlouquecendo."

"Onde?"

"Em qualquer lugar, por favor. Não posso mais agüentar isto."

Chamdi olha para o torso sujo de Dabba e se pergunta como Sumdi terá coragem de coçá-lo.

"Há uma tampinha de refrigerante perto do meu rosto", diz Dabba, como se pudesse ler os pensamentos de Chamdi.

Sumdi apanha a tampinha denteada e coça o torso de Dabba.

"Aaah...", diz Dabba. "Mais forte, mais forte."

"Diga onde."

"Em todos os lugares! Esfregue toda a minha pele, por favor."

Sumdi continua passando a tampinha em toda a extensão do torso de Dabba. Em algumas áreas ele pressiona mais do que em outras. Chamdi percebe que Sumdi já fez isso antes, porque o menino pode reconhecer dentre os gemidos de Dabba quais são os de prazer e quais os de desconforto. Chamdi se pergunta como é que Dabba faz para ir ao banheiro. Entretanto o pano é tão imundo...

"Agora o rosto", diz Dabba e fecha os olhos.

Assim que Sumdi tira a mão do torso de Dabba, Chamdi nota que a tampinha deixou marcas de sangue.

"Anand Bhai envia uma mensagem", diz Sumdi.

"Os meus ouvidos estão abertos", diz Dabba, enquanto vira o rosto para o lado em que quer ser coçado.

"Ele virá hoje à noite. Quer informações."

"Tenho notícias boas para ele. Sim, boas notícias. Mas não agüento mais. Agora vou negociar. Não posso mais fazer isto. Quero viver em paz."

"Eu entendo", diz Sumdi.

"Agora as orelhas, por favor, coce as orelhas."

"Eu tenho que ir", diz Sumdi. "Preciso alimentar Amma."

"Certo. Antes de ir, venha aqui. Quero lhe contar uma coisa."

Ele sussurra algo no ouvido de Sumdi, então solta um suspiro fundo.

"Prometa que você vai fazer como eu pedi", diz Dabba. "No caso de Anand Bhai não concordar, eu necessito da sua ajuda."

"Eu... eu vou tentar", diz Sumdi.

"Obrigado, Sumdi. Agora posso dormir, agora posso dormir."

Sumdi joga fora a tampinha e bate levemente no peito de Dabba. Ele leva Chamdi para fora da ruela. Chamdi observa por cima do ombro como Dabba se contorce feito uma minhoca no chão.

"O que ele contou?", pergunta Chamdi.

"Deixe pra lá."

"Ele cheira muito mal. Como ele faz para ir ao banheiro?"

"Onde quer que ele esteja, ali é o seu banheiro."

"Então quem o lava?"

"Anand Bhai não quer que ninguém o lave. Quanto mais ele feder, mais as pessoas o deixarão sozinho. Quando Anand Bhai permite, nós levamos um balde de água e o jogamos sobre ele. Isso o deixa completamente molhado, e é só."

"Pobre homem."

"Ele pode ser pobre, mas ganha muito dinheiro para Anand Bhai."

"Mendigando?"

"O verdadeiro dinheiro de Anand Bhai vem de roubos. Ele colocou Dabba perto da joalheria para que possa ouvir as conversas, qualquer informação importante. Contanto que nenhum cliente possa vê-lo, o joalheiro não presta atenção em Dabba, porque ele é como um leproso. Então ele descobre exatamente quando vai chegar a consignação, onde o dinheiro é guardado, tudo. Sempre que Anand Bhai quer roubar um lugar, ele coloca Dabba em um jipe e o deixa no local."

"Então Dabba funciona como os ouvidos de Anand Bhai, assim como você é os olhos dele?"

"Certo."

"Então por que ele não cuida bem dele?"

"Porque, se Dabba morrer, ele fará outro."

"O que você quer dizer?"

"Você pensa que ele nasceu assim? Dabba era um homem normal. Trabalhava como garçom em um restaurante iraniano. Um dia, ele foi atropelado por um *taxiwala*. Dabba perdeu ambas as pernas. Até hoje, ele declama o cardápio em voz alta para passar o tempo."

Chamdi está a ponto de perguntar como Dabba perdeu também os braços, mas ele se dá conta de que já faz uma idéia de como isso aconteceu. Agora entende por que chamam o homem de Dabba.

Anand Bhai transforma seres humanos em caixas.

OITO

Chamdi não consegue dormir. Continua a visualizar Dabba se contorcendo no chão para satisfazer uma coceira.

Na rua principal, a iluminação é forte. Ela clareia o ponto de ônibus e um cartaz com um político vestido de branco. Um *taxiwala* estacionou o táxi no meio da calçada e foi dormir no assento de trás. Só as solas dos seus pés estão visíveis, saindo pela janela traseira. Um grupo de crianças malvestidas passa pelo táxi. Um menino pequeno carrega um pacote na mão. Mantém uma boa distância à frente dos outros. Então pára e se senta na calçada. Arquejando pesadamente, abre o pacote, que contém biscoitos. O resto das meninas e meninos se junta a ele e começam a comer. O garotinho recebe um tapa na cabeça de uma menina mais velha, mas não revida. Em vez disso, sorri para ela com olhos travessos.

Chamdi está a ponto de atravessar a rua e falar com aquelas crianças quando ouve uma voz.

O seu corpo se enrijece e ele fica muito quieto só para ter certeza de que ouviu isso, uma voz tão cálida quanto a própria noite.

Uma canção vívida.

Ele segue aquela canção. Que o leva além do edifício incendiado. Enquanto caminha, reconhece o buraco na parede de cimento em que entrou para chegar ao *adda* de Anand Bhai apenas algumas horas atrás. Pelo buraco, pode ver o cascalho do pequeno pátio de recreio escolar. Poderia ser o fantasma de uma criança que está cantando, talvez um dos alunos. Ele sente falta dos amigos e então entoa canções a noite toda até de manhã e só partirá quando soar o sino da escola. Chamdi atravessa o buraco na parede bem devagar. Mas a canção cessa assim que Chamdi entra no pátio. Ao contrário do que imaginara, lá está Guddi, sentada no chão, apoiada contra a parede.

"O que você está fazendo aqui?", ela pergunta.

"Ah, é você?", pergunta Chamdi.

Há um chinelo de borracha abandonado no chão. Uma fita de cabelos vermelha se move lentamente sobre o cascalho. O galho de uma árvore raspa contra o vidro da janela de uma sala de aula.

"Era você que estava cantando?", ele pergunta.

"Não", diz Guddi,

"Mas não há mais ninguém aqui."

"Por que você está acordado?"

"Eu não consigo dormir", diz Chamdi. "Você tem uma voz bonita. Eu sabia que era você que estava cantando."

Senta-se próximo de Guddi, de pernas cruzadas como ela.

"Por que você está se sentando tão perto de mim?", ela pergunta.

"Está tão escuro, eu... eu não consigo ver."

"Não se preocupe, eu não vou comê-lo."

"Se você quiser, eu vou embora."

"Como quiser."

"Então vou ficar. Você vai cantar para mim?"

"Não."

"Por favor."

"Eu não canto para ninguém."

"Então eu vou comer tanto que me tornarei do tamanho de um balão. Aí você terá que achar um outro menino magro para realizar o seu trabalho."

"Você está me ameaçando?"

"Sim."

"Eu vou esfaqueá-lo, seu cachorro maldito. Vou picar você em pedaços pequenos e vendê-los como carne de Chamdi. Nunca mais me ameace."

"Meu Deus..."

Ela põe a mão sobre o cascalho. A fita de cabelos vermelha roça o seu joelho, mas Guddi não a toca. Ela apanha um ramo e faz riscos no cascalho.

"Por favor, cante para mim", pede Chamdi.

"Se eu cantar para você, promete conseguir aquele dinheiro do templo?"

"Não, eu não posso."

"Olhe para mim", ela diz.

Chamdi olha para Guddi. Ela provavelmente tem a mesma idade que ele, mas parece mais velha. Viveu debaixo de mais sol, mais poeira, ouviu mais buzinas de caminhão que ele e é a única menina que Chamdi conhece que viu o próprio pai ser esmagado por um carro.

"Olhe nos meus olhos", ela diz. "Faça uma promessa de que, não importa como, você vai conseguir aquele dinheiro para nós. Quando você faz uma promessa olhando nos olhos de alguém, ela não pode ser quebrada. Agora olhe para mim."

Chamdi fita seus olhos castanhos. Sente um formigamento no estômago. Durante alguns segundos, os olhos dos dois se encontram e, embora Chamdi queira abaixar os seus, não consegue fazer isso até que a promessa seja feita.

"Eu prometo", ele diz. *Eu prometo que vou conseguir aquele dinheiro para você. Mas não acho que eu possa roubar.*

Guddi joga fora o galho e esfrega as mãos em seu vestido marrom.

E começa a cantar.

O que se segue é algo que Chamdi nunca imaginou.

A voz de Guddi sugere que a sua garganta contém coisas mágicas, coisas impossíveis. É como se as cores estivessem cantando e cada cor seja uma nota. A pele de Chamdi se arrepia e, se pudesse voar, ele atravessaria as janelas de vidro da sala de aula próxima e sairia incólume. Tal é a beleza da voz de Guddi.

As folhas nas árvores se movem suavemente, como se as árvores sentissem a sua canção, e a poeira sobe em redemoinhos no ar, realizando uma dança divertida.

Quando Guddi termina, Chamdi sabe que esta canção é o início de algo misterioso. Assim, ele irá usar palavras sublimes para dizer como é adorável a canção. Ele se inclina e lhe sussurra ao ouvido: "*Khile Soma Kajusal*".

"O quê?", ela pergunta, enquanto, lentamente, toma fôlego.

"*Khile Soma Kajusal*", ele repete suavemente.

"O que significa isso?"

"É a língua dos Jardins. Algum dia eu lhe contarei o que significa."

"Onde se fala este idioma?"

"Em Kahunsha."

"Kahunsha?"

"A cidade sem tristezas. Um dia, toda a tristeza morrerá e Kahunsha nascerá."

Ao sussurrar o seu segredo para Guddi, Chamdi esquece, durante um segundo, que é noite. Tudo ao redor dele é luminoso, as folhas, a fita de cabelos vermelha, o cascalho está pronto para se romper.

Guddi afasta o cabelo do rosto e os seus olhos castanhos se arregalam. Os cílios parecem se alongar, como para alcançar Chamdi.

"Não seja idiota", ela diz. "Como tal lugar pode existir?"

"Por causa de sua canção. Sua canção é tão bonita que tem o poder de criar uma cidade inteiramente nova."

"Você perdeu a cabeça?"

"Sim. E vou perdê-la mais uma vez, e outra, e ainda outra, até que nós estejamos felizes. Você, eu, Sumdi, Amma, o bebê, até mesmo Dabba. Algum dia, todos nós vamos viver juntos em Kahunsha."

NOVE

Meninos estão agrupados sobre um carrinho de mão e fumam. Sumdi também se encontra ali, sentado próximo ao menor deles, que tem a cabeça raspada. Chamdi os observa enquanto passam o cigarro de mão em mão e aguardam que retorne a cada um deles. Um dos meninos tem uma lata e a utiliza como um tambor. O careca, que está sentado perto de Sumdi, também começa a tocar tambor, mas ele o faz na perna de pólio de Sumdi, e em seguida apóia o ouvido nela, como se esperasse ouvir o som. Os meninos têm um riso alegre. Então Sumdi começa a falar e Chamdi percebe que ele está contando uma história. A história é sobre como as suas costelas um dia vão se transformar em dentes de elefante. Chamdi ri porque Sumdi está fazendo um esforço enorme para contar a história.

Debaixo de um lampião, Guddi sorri para Chamdi. O lampião faz o papel do sol ao refletir a luz sobre a cabeça de Guddi. Há um brilho apagado no quarto sobre a padaria de Muchhad e Chamdi está alegre por não conseguir ouvir nenhum som vindo dali. Espera que Muchhad e a esposa adormeçam rapidamente, e que a esposa de Muchhad viaje para longe em seu sono, vá para lugares que ela sonhou quando criança.

"Venha comigo", diz Guddi.

"Para onde?"

"Para um passeio."

"Que passeio?"

Guddi começa a andar, e Chamdi aprecia o fato de ela não esperar por ninguém. Ele já não tem mais medo de Guddi. Sabe que quem pode cantar como ela tem o coração mais límpido do mundo.

Guddi não olha para ele. Ela continua andando para além das lojas fechadas. Chamdi caminha um pouco mais rápido para alcançá-la, entretanto decide se deixar conduzir por ela. Os semáforos estão piscando a luz vermelha, parecem-lhe olhos insones. Quando alcançam um cruzamento, um táxi passa perigosamente perto da calçada. Homens estão dormindo enfileirados na calçada e, embora os faróis do táxi flamejem sobre os seus rostos, eles não se mexem.

Em seguida, passam pelas portas fechadas de um

bar. Um homem escuro está diante da entrada com as mãos apoiadas na cintura e a sua expressão feroz sugere que ele esteja vigiando a porta. Dois homens fumam do lado de fora e, pela forma como lutam para ficar de pé, é óbvio que estão bêbados. Chamdi observa os telhados de zinco das lojas. Pedras grandes são colocadas em cima deles para evitar que sejam carregados pelo vento.

Agora Chamdi observa três crianças adormecidas nos degraus de uma farmácia. Guddi chuta um dos meninos de leve. O menino acorda com um estremecimento, mas, quando vê Guddi, ele sorri, solta um palavrão e descansa a cabeça para trás sobre a pedra dura. Deve ser isto o que Sumdi quis dizer quando falou que a própria Bombaim era um orfanato, pensa Chamdi. Há crianças como ele esparramadas por toda a cidade. Chamdi gostaria que a iluminação das ruas fosse cheia de cores, rosa, vermelho, roxo, laranja. Por que não? De qualquer maneira, elas se curvam como as árvores.

Guddi pára em frente a um táxi que se chocou contra uma árvore na calçada. Ela se ajoelha e se esconde atrás do carro. Tomando cuidado para olhar através do vidro, Chamdi toma a mesma posição.

"O que estamos fazendo?", ele pergunta.

"Nos escondendo."

"Do quê?"

"Cavalos."

"Há cavalos aqui?"

"Sim. Você prefere um marrom ou um preto?"

"Eu... eu nunca vi um cavalo antes."

"Hoje à noite vamos dar uma volta a cavalo."

Será que ela está brincando com ele? É bem possível. Depois, ela e o irmão vão rir às gargalhadas. *O bobão acreditou quando eu disse que há cavalos na rua*, ela dirá.

"Nós temos que esperar. Mas com certeza eles virão", diz Guddi.

"Os cavalos irão chegar, galopando por conta própria?"

"Não sozinhos, seu idiota. *Ghoda-gadi*!"[1]

"Uma carruagem a cavalo a esta hora da noite?"

"Sim. Eles fazem o circuito do Passeio Marinho. Depois que ganharam o seu dinheiro lá, tarde da noite, eles descansam. Os estábulos ficam nestas proximidades, então o velho vem por aqui. Vamos ter que voltar a pé dos estábulos até o nosso *kholi*, certo?"

"Sim."

"Você vai ter que pular sobre a carruagem. Se ele nos pegar, vai usar o seu chicote. Então tome cuidado."

"Você fez isto antes com Sumdi?"

"Não, Sumdi não pode correr."

"Oh... sim..."

"Agora ele vai chegar a qualquer momento."

---

1 Carruagem indiana puxada por cavalos. (N.T.)

Chamdi está entusiasmado com o pensamento de pular em cima de uma carruagem a cavalo. No orfanato, a coisa mais corajosa que fez foi fugir de lá no meio da noite e andar no pátio. Mas não teve a coragem para se arriscar na cidade. Agora, não só está no meio da cidade, mas também está a ponto de passear em uma carruagem a cavalo.

Enquanto os dois esperam, agachados atrás do táxi batido, os sentimentos de Chamdi se renovam. Está no meio de uma rua escura e só há edifícios e bares ao seu redor, mas a canção de Guddi lhe deu forças.

"Sua canção... era realmente bonita", ele diz. "Onde você a aprendeu?"

"Eu a inventei", ela responde.

"Sua canção vai criar uma cidade inteiramente nova e..."

"Não", ela corta. "Não vai."

"Por que não?"

"Eu fiz essa canção depois que meu pai morreu. No dia em que ele morreu, quando ele estava cruzando a rua, eu o chamei pelo nome e ele se virou para mim e foi aí que o carro o atropelou. Ele estava acenando para mim. Eu fiz a canção por causa da morte dele. Então, como pode uma coisa dessas iniciar uma cidade nova?"

Chamdi olha para a roda do táxi. A calota está arrebentada. O amassado na porta do lado do motorista dá a impressão de que a estrutura do carro é de papelão preto.

De repente ela agarra a mão dele. "Escute", sussurra.

Chamdi não consegue ouvir nada. Em vez disso, olha para as mãos de Guddi, para a sujeira agarrada a elas, para as suas unhas roídas, para as pulseiras laranja que ela nunca tira e acompanha a mão dela até o cotovelo, onde observa um rastro lânguido de sangue, provavelmente o resultado de uma irritação da pele por coçar demais, e então vê a manga do seu vestido marrom, e em seguida olha para o rosto dela, e ele diz a si mesmo que, ainda que ela tenha cantado para o pai dela, Chamdi não tem nenhuma dúvida de que a canção o fará alcançar o que ele deseja.

"Os cavalos estão vindo", sussurra Guddi.

Ela segura a mão de Chamdi e ele descobre que não consegue olhar na direção dos cavalos. Guddi percebe que ele a está encarando, então, com as mãos, faz com que Chamdi volte a cabeça para o outro lado, e ambos, sobre o capô do táxi, observam uma grande carruagem vindo em sua direção, puxada por dois cavalos pretos e guiada por um velho que fuma um *beedi*; na mão, o homem segura um chicote dobrado e eles ainda vêem as quatro grandes rodas da carruagem que giram como globos terrestres, trazendo os cavalos cada vez mais perto. Chamdi e Guddi esperam a carruagem passar e então correm atrás dela. Há um espaço na parte traseira, pequeno, mas suficiente para eles se acomodarem, e Guddi salta para dentro da carruagem e senta-se. Ela agora estende os braços para Chamdi e ele diz a si mesmo que não quer subir, não, ele ficará a vida inteira correndo atrás desta menina porque, no momento em que pisar naquela carruagem, os braços dela já não estarão estendidos para ele. Nunca ninguém fez isto para ele, estender os braços, embora Chamdi tenha sonhado com este momento muitas vezes, mas, nos seus sonhos, eram a sua mãe e o seu pai que chegavam ao orfanato e ele se jogava nos braços deles. Ele nunca imaginou uma menina da mesma idade que ele, com cabelos castanhos e dentes amarelos, mas assim é melhor, muito melhor. Ele não percebe que a carruagem está se afastando cada vez mais dele, mas isto não o preocupa. Tudo o que quer é manter esta imagem no cérebro para o resto da vida.

Mas Guddi está aflita. Faz gestos frenéticos com as mãos, e Chamdi interrompe o seu devaneio e se apressa como se estivesse correndo para um lugar melhor. E logo ele está na carruagem com Guddi e os dois se vêem de frente para a cidade deixada para trás. Os seus arranha-céus parecem muito distantes, mas as suas luzes são brilhantes. Os galhos grandes e pesados das árvores se estendem para o centro da estrada de ambos os lados. Chamdi adora o tropel dos cavalos que marcham garbosamente pela rua larga. Se esta carruagem continuasse direto até o orfanato, isto sim seria um belo passeio. Ele gostaria que os estábulos nunca chegassem.

Chamdi gostaria de saber o nome desta rua. Há

um cinema chamado Super Cinema. Na frente dele, um outro, o Shalimar. Ele gosta desses nomes e imagina os cinemas como irmãos: Super e Shalimar.

Ele olha para o céu noturno. Está parcialmente azulado. O luar ilumina partes diferentes do corpo dos dois: a cabeça, as coxas, o nariz, os joelhos, e logo todas as partes estão gritando por mais luz. Guddi bate palmas e Chamdi sorri tão amplamente que mostra todos os dentes. Ele pode ver o luar refletindo sobre os telhados de zinco das lojas fechadas, batendo na estrada e afastando a fadiga da noite. Implora para a luz penetrar no seu corpo até ele ficar completamente encharcado.

Chamdi se esforça para vislumbrar os cavalos porque eles também logo serão embebidos de luz. O dorso negro deles irá reluzir e as ruas serão iluminadas pelo seu brilho poderoso, e ele quer saber se aquele brilho despertará as pessoas de seu sono, se as fará abrir bem as janelas e olhar para as duas crianças de bocas abertas, engolindo luz. Espera que essa visão inspire os adultos a correr para as ruas e ensopar-se completamente de luz. Observa o jeito de Guddi afastar os cabelos do rosto e rir, e ele não sabe o que aquela risadinha significa, mas é quase tão maravilhosa quanto a sua canção, e Chamdi de repente diz a ela: “Seu nome não é Guddi. Esta noite, eu a chamarei Bulbul. Eu a nomeio rouxinol”. Os dois riem estrepitosamente e Chamdi acha que o velho que dirige a carruagem já deve saber que eles estão ali na parte de trás, mas talvez não se incomode, e os cavalos também devem saber, mas continuam a dar largas passadas para a frente. E Chamdi deseja saber se é possível que só duas pessoas no mundo inteiro estejam vivas, porque é assim que ele se sente agora, e isto é o que quer dizer a ela.

~

Os meninos no carrinho de mão foram embora. Só Sumdi permaneceu, e está coçando um pé. Chamdi não sabe exatamente que horas são, mas deve ser muito tarde porque a rua nunca pareceu tão vazia. Ele se impressiona com a transformação tão rápida pela manhã, como se a rua fosse um animal que desperta do sono.

"Onde você estava?", pergunta Sumdi.

"Nós fomos dar uma volta de *ghoda-gadi*", responde Guddi.

"Chamdi, você viu como é grande a perna do meio do cavalo?"

"Não o aborreça", diz Guddi.

"Não o aborreça?"

"Deixe ele em paz."

"Chamdi fez alguma mágica em você?"

"Eu disse para deixá-lo em paz."

"Chamdi", diz Sumdi. "O que você fez com a minha irmã? Você tirou uma das suas costelas e a usou como uma varinha mágica para que ela mudasse os seus sentimentos? Cuidado, ela é minha irmã. Se você a tocar de mau jeito, eu vou cortar a sua terceira perna, entendeu?"

"Onde está Amma?", pergunta Guddi.

"Ela está dormindo."

Chamdi permanece calado. Talvez seja o contraste com o passeio ao luar, mas ele percebe novamente como é escura esta parte da cidade. As lojas também são coladas perto demais uma da outra, as paredes dos edifícios estão danificadas, as janelas se mostram rachadas em muitos apartamentos e, mesmo quando as plantas crescem, elas rastejam ao longo das paredes dos edifícios, como ladrões. Que tipo de casa faz as plantas se sentirem como criminosas?

"Toda Bombaim é como aqui?", ele pergunta afinal. "Edifícios velhos, lojas pequenas, cachorros vadios e mendigos?"

"Não", diz Sumdi. "Tem um enorme depósito de lixo aqui perto que você ainda não viu."

"Há muito mais do que isto", diz Guddi. "Meu pai sempre dizia que não há nenhum lugar como Bombaim."

"Ele tinha razão", diz Sumdi. "Nenhum lugar é como este puteiro."

"Cale-se", diz Guddi. "Tem o Marine Drive, uma estrada toda pelo mar costeada por coqueiros e, à noite, você pode ver os edifícios ao longo da costa todos iluminados."

"Tem algum jardim?", pergunta Chamdi. "Qual é o jardim mais perto daqui?"

"Os Jardins Suspensos", diz Guddi. "Você vai adorar os Jardins Suspensos. Todas as árvores são podadas em formas de animais. Tigres, elefantes... E fica sobre uma colina, assim, você pode ver toda Bombaim."

"Sim, o buraco de Bombaim é muito agradável", diz Sumdi. "Todo o mundo tem entrada grátis, mas, depois que você entrou, não pode mais sair."

"Sumdi!", grita Guddi.

Sumdi fica quieto. Guddi brinca com as pulseiras laranja nos pulsos. Então ela olha para Chamdi.

"Tem mais uma coisa", ela diz. "Meu lugar favorito em Bombaim."

"O que é?"

"Apollo Bunder. É perto do mar. O Portal da Índia está ali. Meu pai me levava lá. Nós costumávamos nos sentar no paredão do mar e comíamos *chana*,[2] e às vezes alimentávamos os pombos e meu pai me contava exatamente o que eles estavam dizendo... que, se uma pessoa subir e se sentar na cúpula do Portal, ela pode ver muito longe, além do mar, até o outro país."

"Que país é este?"

"Eu não sei... ele nunca me contou."

Guddi contempla novamente o chão. Chamdi

---

[2] Grão-de-bico. (N.T.)

imagina que ela está pensando no pai. Ele está emocionado com a informação que recebeu há pouco. Quer ir até Marine Drive. Adoraria sentar-se perto do mar e ver como o sol deixa a água brilhando. E tem uma fileira inteira de coqueiros que balançam ao vento; ele poderia ficar olhando durante horas. Mesmo o próprio Apollo Bunder parece interessante. Qual será o país que fica do outro lado? Ele se sentaria na cúpula do Portal da Índia com Guddi e olharia para longe, para o horizonte. Poderiam ver crianças iguais a eles do outro lado e ficariam acenando uns para os outros por horas a fio. E os Jardins Suspensos... árvores com formato de animais. Imagine um cavalo feito de buganvílias! Chamdi mal pode esperar para conhecer esse lugar. Ele tinha razão sobre a Bombaim que sonhou. Ela existe em algum lugar.

"Nós podemos ir até lá agora?", pergunta.

"Ir aonde?"

"Até os Jardins Suspensos."

"Não", diz Sumdi. "Descansem um pouco. Os dois."

Guddi se deita obediente no chão. Os pés dela acidentalmente tocam na cabeça de Amma, mas esta não se mexe. O bebê descansa sobre um pedaço de plástico que está coberto por um pano sujo. Um rato passa rastejando. Chamdi se levanta para mandá-lo embora, mas o roedor desaparece em um buraco na calçada antes que possa alcançá-lo. Ele teme pelo bebê. Gostaria que tivesse um lugar limpo para ficar. Nenhum espanto que esteja doente, vivendo junto com ratos.

Guddi coloca a sua caixa de lata no buraco por onde o rato fugiu. Ela dá uma olhada rápida para Chamdi e, pouco antes de fechar os olhos, lhe diz: "Amanhã é o dia".

Chamdi gostaria que a sra. Sadiq estivesse ali neste instante, junto dele; assim, ela poderia lhe oferecer um bom conselho. Ele sabe o que ela diria, que é errado roubar. Jesus teria sido inútil mesmo agora. Jesus sempre ficou calado.

"Vá dormir", diz Sumdi.

"Não, vou ficar acordado por algum tempo."

"E fazendo o quê?"

"Pensando."

"Sobre o quê?"

"Qualquer coisa. Eu vou sonhar."

"Como você pode sonhar enquanto está acordado?"

"Este é o melhor tipo de sonho."

"Você tem que estar bêbado para que isso aconteça. Ou em *ganja*. Mas você não deve nem mesmo saber o que é *ganja*."[3]

"Não."

"*Ganja* é aquilo que os pobres usam para se distrair da vida miserável que levam. Mas até isso custa dinheiro."

"É por isso que eu sonho. Os sonhos são grátis."

---

3 Baseado de maconha. (N.T.)

"Por que você é tão estranho? Por que não pode ser normal e cuspir na rua ou se aliviar nas calças?"

"Me diga, qual é a coisa que você realmente quer na vida?", pergunta Chamdi.

"Eu quero deixar Bombaim."

"Isso não é um sonho."

"Por que não?"

"Fugir não é um sonho. De qualquer maneira, isso é um sonho de Bulbul."

"Quem diabos é Bulbul?"

Chamdi olha para Guddi. Ela sorri e então fecha os olhos depressa, como se fosse atacada de repente por um surto violento de sono.

"Bulbul é *ela*?", pergunta Sumdi. "Esse terror, você a chamou de rouxinol? Você realmente é um sonhador. Agora vá dormir."

"Não antes de você responder à minha pergunta."

"Por que você não pode me deixar em paz? Vá conversar com o rato se está se sentindo solitário. Eu tiro a caixa e você pode entrar naquele buraco e sonhar na escuridão."

"O que você realmente quer?"

"Você não vai me deixar dormir até que eu responda à sua pergunta, não é?"

"É."

"Certo, eu vou falar."

"De verdade."

"Sim, de verdade." Sumdi olha para a irmã. Os olhos dela estão fechados. Amma se agita e depois volta a se acalmar. Um jipe da polícia passa em alta velocidade pelo ponto de ônibus. Chamdi imagina três tigres com listras azuis e amarelas que rugem, atrás do jipe, como uma sirene. Os policiais-tigre vão a lugares onde o jipe não alcança. Reconhecem o cheiro dos ladrões muito melhor do que qualquer policial. E cuidarão das crianças de Bombaim, tratando-as como os seus próprios filhotes.

"Está bem", diz Sumdi, segurando a sua perna enrijecida. "Eu vou contar."

"Muito bem."

"Mas você nunca poderá repetir isto a quem quer que seja. Nem mesmo para mim. E, depois que tivermos esta conversa estúpida, você me deixará dormir em paz. Mesmo se Deus vier e começar a preparar *biryani*[4] de carne de carneiro no meio da rua, você não me despertará."

"Eu prometo."

"Você vê esta minha perna? Eu nunca pude correr. Mesmo quando ando, eu a sinto pesada. É como se toda a minha raiva se concentrasse nesta perna e ela fica cada vez mais e mais pesada. Mesmo quando meu pai morreu, eu não pude correr até ele. Eu cheguei lá por último, depois de Amma e de minha irmã. Às vezes, eu só desejo que ela não

[4] Prato típico indiano à base de carne ou legumes, acompanhado de arroz condimentado especialmente com açafrão. (N.T.)

seja tão pesada. Então eu realmente quero, você sabe, um sonho desperto assim como o seu de certa maneira, que um dia... Não, é estúpido. Eu estou dormindo."

"Continue, Sumdi."

"Para quê? O que eu quero é impossível."

"Por que desejar aquilo que é possível?"

"Então é assim?"

"Sim, é assim."

"Eu quero voar", ele sussurra. "Este é o meu sonho. Eu, Sumdi, quero um dia voar por toda parte em Bombaim, ver todas as galerias, todas as lojas, os cinemas, as casas de jogatina, os bordéis, as brigas de galo, as partidas de críquete e, quando tiver terminado, eu voarei em cima do mar como um pássaro, e nunca mais vou parar. Continuarei voando para o resto de minha vida."

"Este é um sonho maravilhoso", diz Chamdi.

"Mas nunca poderá se tornar realidade, então, para que serve?"

Chamdi não diz nada. Quer contar para Sumdi sobre Kahunsha. Como os policiais-tigre patrulharão as ruas para manter a segurança, como haverá flores em todos os lugares, como todas as torneiras terão água limpa da chuva e como, mais do que tudo, ninguém será deformado e as pessoas não ferirão umas às outras.

"Agora eu tenho uma pergunta para você", diz Sumdi.

"Sim?"

"Por que você usa esse lenço no pescoço o tempo todo? Até quando está fervendo você nunca o tira."

"Não é um lenço", diz Chamdi. "É..."

Chamdi não tem certeza se deveria contar para Sumdi a verdade sobre o pano. Não que ele não confie em Sumdi, mas Chamdi gostaria de manter em segredo o real significado do pano até que este o conduza ao seu pai. Mas também não quer mentir para Sumdi.

"Este pano me foi dado pela senhora Sadiq, a mulher que cuidou de mim no orfanato. Me faz lembrar dela", ele diz. "É para me trazer sorte."

"Você é muito estranho para acreditar em sorte em uma cidade como Bombaim", diz Sumdi. "Mas nós precisaremos de toda a sorte que pudermos conseguir para deixar este lugar. Então fique com ele. Nós dependemos de você. Agora, descanse um pouco." Ele vira as costas para Chamdi e se deita para dormir.

Um vento forte começa a soprar. Fica cada vez mais forte e Chamdi se sente incomodado. Talvez o vento esteja lhe contando alguma coisa. Sim, está lhe dizendo para não ser um bobo com dez anos de idade e acreditar em policiais-tigre ou cavalos feitos de buganvílias.

Os Jardins Suspensos são criados mediante a derrubada de árvores. As plantas devem gritar agonizantes cada vez que um animal é esculpido.

Ele se levanta e olha ao redor. Os dois coqueiros atrás do ponto de ônibus balançam de um lado para outro por causa do vento forte. Os galhos apontam para o céu como um guarda-chuva invertido. Que noite estranha esta. O passeio de carruagem a cavalo foi bonito. Até a lua parecia mais luminosa do que o habitual. E, agora, o céu está furioso.

DEZ

Pela manhã, o céu tem a luz intermitente do crepúsculo. As portas da padaria estão abertas, e na rua, de onde está deitado, Chamdi pode ver uma mulher no quarto em cima da padaria. Ela usa um lenço rosa na cabeça, segura um livro pequeno na mão e está falando sozinha. Talvez esteja rezando, pedindo proteção contra o próprio marido.

As costas de Chamdi doem. Ele ainda não está acostumado com a pavimentação desigual da calçada. E elas lhe doem também por outra razão, algo andou rastejando em suas costas durante toda a noite, um pensamento, e que por fim se alojou em seu cérebro: *Hoje é o dia em que me tornarei um ladrão*. Mas ele ainda espera encontrar uma saída. Tem de haver uma.

Depois de algum tempo, Sumdi se mexe e se põe de pé.

"Vai comprar comida?", pergunta Chamdi.

"Não", diz Sumdi. "Eu preciso comprar uma outra coisa antes."

"O quê?"

"Veneno de rato."

"Para quê?"

Sumdi não responde e Chamdi fica imaginando. Sabe que veneno de rato será inútil. Poderia matar um rato, dez no máximo, mas, em uma cidade de incontáveis roedores, para que iria servir? Entretanto, não questiona as ações de Sumdi. Afinal de contas, o dinheiro é dele. Chamdi tem o seu próprio dinheiro, mas não se sente à vontade quando o usa.

Durante alguns minutos, Chamdi observa os táxis que passam rodando lentamente. Então, volta a sua atenção para os prédios de apartamentos que dão para a rua. A maioria das janelas nos edifícios está fechada, talvez por causa do vento forte da noite passada. Apenas uns poucos homens estão nas janelas e olham para a rua. Alguns usam coletes brancos e coçam as axilas, e dentre eles há os que exibem os lábios vermelhos de mastigar *paan*.[1] Embora *paan* seja colorido, Chamdi não gosta da maneira

[1] Composto mastigável de folhas da pimenta *betel* com tabaco. Seu uso é muito comum na Índia para aromatizar o hálito e limpar os dentes. (N.T.)

como ele mancha os lábios e eventualmente as ruas.

"Posso ir com você?", pergunta Chamdi finalmente.

"Não", diz Sumdi.

"Por que não?"

"Eu tenho um trabalho para fazer."

"Mas eu preciso falar com você sobre esta tarde."

Sumdi se afasta da árvore. Só quando está a uma boa distância da padaria é que ele atravessa a rua. Chamdi o segue.

"O óleo de que você precisará esta tarde já está conosco", explica Sumdi enquanto assoa o nariz. "Vou lhe dar a garrafa quando voltarmos."

"Onde você comprou o óleo?", pergunta Chamdi.

"Roubei da loja de *beedi* perto do templo." Chamdi se lembra do dono da loja de *beedi*, que fechou com força a tampa do jarro de biscoito sobre o seu pulso no seu primeiro dia na cidade. De certo modo, Chamdi mereceu aquilo. Afinal de contas, é ele quem vai usar o óleo roubado.

"O plano é simples", diz Sumdi. "Guddi vai se sentar do lado de fora do templo e tentar vender as estatuetas dos deuses. Eu estarei com ela. Você fica fora da vista, atrás da loja do *beedi*. Mas tenha a certeza de que pode nos ver, certo? Quando Namdeo Girhe entrar é o sinal para se cobrir com óleo. Assim que o *puja* dele terminar, ele vai sair com o padre. O templo então ficará fechado por algum tempo. Você então desliza para dentro por uma janela lateral. Essa janela não pode ser vista da rua. Suas barras são muito próximas umas das outras, mas você poderá passar por elas. Vai precisar também de um martelo. Eu vou colocá-lo no chão, debaixo da janela lateral."

"Para quê?"

"O dinheiro fica guardado numa caixa de plástico grande. Primeiro jogue o martelo para dentro pela janela, depois entre, e então quebre a caixa."

"Onde eu o encontro depois que pegar o dinheiro?", pergunta Chamdi.

"Na estação Grant Road", diz Sumdi. "Ande pelo pátio de recreio escolar. Vire à direita, cruze a rua e você verá a estação Grant Road. Vá para a plataforma 1 e fique perto da bilheteria. Nós levaremos Amma e o bebê até lá. É ali onde você vai nos esperar. Mesmo se demorarmos, você tem de esperar."

"Eu esperarei", promete Chamdi.

"E, seu idiota", diz Sumdi, "tenha certeza de pôr o dinheiro no bolso dentro do próprio templo. Só pegue as notas. Nenhuma moeda. E, quando você sair, caminhe tranqüilamente, como se estivesse num jardim. Mas, se for visto, só então corra. Apenas você sabe que é um ladrão, lembre-se disso. Se o seu coração estiver batendo rapidamente, ninguém mais poderá ouvir, então relaxe. Antes de sair pela janela, espie pelas barras. Nós estaremos do lado de fora. Então lhe daremos um sinal."

"E se a janela do templo estiver fechada?", pergunta Chamdi.

"No dia do *puja*, por causa do incenso extra, eles mantêm a janela lateral aberta. Têm que deixar sair o cheiro. E aí o ladrão entra."

"Eu não sou um ladrão", diz Chamdi claramente.

"Está bem, está bem."

"E por que ninguém roubou o templo em todos estes anos?"

"Ninguém tem coragem de roubar aquele templo."

"Por que não?"

"Em primeiro lugar, todo mundo pensa que é um templo milagroso. Assim, roubar traria azar."

"Qual é a outra razão?"

"O templo está sob a proteção de Anand Bhai."

"Oh..."

"Namdeo Girhe usa Anand Bhai para bater nas pessoas durante as eleições. A gangue de Anand Bhai é muito poderosa. Durante as eleições, este templo é usado para subornar a polícia. Os policiais entram para rezar e saem ricos."

"Durante o *puja*, Anand Bhai estará lá?"

"Pode ser. Mas não se preocupe. Ele estará entorpecido porque sempre bebe *bhang*."

"O que é?"

"Uma droga que ele põe num copo de leite."

"Se ele descobrir, nós estamos mortos."

"Até que ele descubra, nós estaremos num trem. Mais alguma pergunta?"

E se me pegam e me batem, ou se as minhas costelas me prendem entre as barras, ou se, enquanto eu estou entrando pela janela, as barras se movem sozinhas e me esmagam, e se eu não conseguir achar a plataforma 1?

"Não, eu não tenho nenhuma pergunta", diz Chamdi.

Eles entram numa ruela atrás de uma revendedora de veículos e pneus de caminhão. Próximo fica a livraria Pushpak, onde um grupo de estudantes faz fila do lado de fora acompanhados pelos pais. Sumdi entra em um edifício pequeno. A arcada da entrada foi pintada de amarelo brilhante, mas o resto do edifício está ruindo e com as paredes descascadas. As grades de ferro nas janelas deixam o edifício ainda mais decaído. Sumdi e Chamdi estão agora dentro de uma passagem muito estreita.

Chamdi inala profundamente, absorvendo os aromas de vários tipos de comida. Também há o cheiro pungente de dejetos que emana de uma área quadrada a céu aberto no centro do edifício. Os moradores do local devem jogar o lixo ali. Chamdi vê sacolas plásticas verdes naquela área, juntamente com muitas cascas de ovos e de bananas.

Sumdi bate em uma porta onde está colado um adesivo de Shiva. Ele gesticula para que Chamdi fique fora de visão. As najas que saem da cabeleira de Shiva lembram a Chamdi a caixa de madeira de Guddi e de que ele gostaria de fazer um trabalho honesto como o dela.

A porta se abre. Chamdi não pode ver quem é, mas, da forma como a pessoa tosse, Chamdi percebe tratar-se de um homem.

"Eu vim buscar um remédio", diz Sumdi.

"Hah?"

"Anand Bhai me enviou."

"Oh? Eu não o vi antes. Qual é o seu nome?"

"Raju. Eu vim aqui duas semanas atrás com Munna."

"Então onde está Munna?"

"Ele não está bem. Fez um corte no olho."

"Mas como é que eu ainda não o reconheço? Com uma cara como a sua..."

"*Sahib*, você estava bêbado da última vez que eu vim, talvez seja por isso."

"Seu porco de duas patas. Você deve ter razão. Porque eu, agora mesmo, estou bêbado! Então, o que você quer?"

"O remédio de rato..."

O homem bate a porta na cara de Sumdi. Chamdi não tem idéia de por que Sumdi está fazendo tudo isso.

A porta se abre novamente. O homem dá para Sumdi um pacote pequeno.

"Então dê os meus cumprimentos a Anand Bhai. Qual é mesmo o seu nome?"

"Raju", responde Sumdi.

"Raju", diz o homem, "que você consiga matar muitos ratos!"

O homem fecha a porta abruptamente. Há o som dele esbarrando nos móveis. Sumdi desce correndo pela ruela. Assim eles cruzam o *adda*, Chamdi nota um pé de tomates de um dos apartamentos acima.

"Por que você mentiu para ele sobre o seu nome?", pergunta Chamdi.

"Porque Anand Bhai não me enviou."

"Mas aquele homem o reconhecerá, não é?"

"Munna normalmente vem buscar veneno aqui para Anand Bhai, quando ele precisa fazer um dos seus trabalhos sujos. Munna tirava sarro deste bêbado. Ele brincava com o fato de ele estar completamente bêbado já de manhã cedinho. É isto que eu sei. Nunca vim aqui antes. Tentei há pouco a minha sorte; eu sabia que ele não cobraria nada se Anand Bhai estivesse pedindo. De qualquer maneira, esperemos que em seu *nasha* o bêbado esqueça completamente que eu vim aqui."

Chamdi pensa em Raman no orfanato, e em como ele resmungava consigo mesmo quando estava bêbado.

Mas Raman nunca esbarraria nos móveis. O seu único problema era que ele desmaiava.

Chegando de novo à rua, Chamdi pisa em uma embalagem de sabonete Liril. Ele leva a embalagem ao nariz e sente o cheiro. O sabonete no orfanato quase não tinha cheiro. Fazia o seu trabalho e desaparecia imediatamente.

Logo os arredores parecem familiares a Chamdi: uma agência postal, a loja do joalheiro, a delegacia de polícia com faixas azuis e amarelas em suas paredes. Chamdi quer passar as mãos pelos pilares e paredes listrados. Afinal de contas, eles são a pele dos policiais-tigre. Os seus músculos flutuarão como ondas, ele pensa. Eles serão os seres mais ferozes que alguém tenha visto alguma vez e os seus rugidos poderão ser ouvidos por toda a cidade.

Pouco depois, ele e Sumdi estão de volta ao observatório de Dabba, na passagem entre a loja e o edifício com os canos quebrados. Uma tigela de metal com moedas está perto da cabeça do homem. Ele olha para Sumdi e sorri. Sumdi não sorri de volta.

"Anand Bhai veio?", pergunta Sumdi.

"Sim."

"E o que aconteceu?"

"Eu lhe disse que tinha a melhor informação para ele. Contei que a loja do joalheiro estava para ser vendida, e eu estava a ponto de contar o momento exato e a data em que eles levariam as jóias da loja para outro local, mas não contei. Eu disse que, se ele permitisse que eu me aposentasse, que se ele só me desse dinheiro suficiente para comer todos os dias, eu ficaria satisfeito. É um preço pequeno por toda a informação que lhe dei. Eu disse que só quero viver em paz. Também disse a ele que eu poderia viver com você, que você cuidaria de mim. Só quero ter o meu canto e não ser mudado de lugar para outro como um animal."

"Ele concordou?"

"Ele riu. E disse: 'Eu o fiz e eu vou dizer quando será a hora de se aposentar'. Como eu pensei. Aquele filho-da-puta morrerá cem mortes antes de deixar a terra. Você anote as minhas palavras, ou meu nome não é Dabba."

"Eu sinto muito."

"Você trouxe o que eu pedi?"

"Dabba, eu..."

"Não me engane, Sumdi. Eu esperava que Anand Bhai me enganasse, mas não você. Você trouxe aquilo ou não?" A maneira como Dabba contrai o corpo sugere que ele está ansioso pelo que Sumdi tem consigo.

"Sim."

"Onde está?"

Sumdi se vira para Chamdi e, com um gesto da cabeça, faz sinal para que ele saia dali. Chamdi se afasta um pouco, mas não tira os olhos de Dabba.

"Mostre o veneno", diz Dabba. Sumdi abre o

pacote com o veneno de rato e esvazia as pílulas pretas sobre a palma de sua mão.

“Muito bem”, diz Dabba. “Sem cerimônias. Ponha na minha boca.”

“Eu não posso”, diz Sumdi. “Não posso fazer isto.”

Dabba tenta se sentar, inclinando-se para trás. Ele tenta alcançar a mão de Sumdi com a boca, mas o seu corpo desmembrado quase não lhe permite qualquer movimento.

“Sumdi, você também é um aleijado. Você também é um cachorro de rua como eu e tem uma vida longa pela frente, esteja certo disto. Algum dia você precisará de ajuda. Por isso, não a negue. Ponha um pouco na minha boca e vá embora”, diz Dabba. “Acabe com isto.”

“Eu não posso pôr isto na sua boca”, responde Sumdi. “Por favor...”

“Vire-me. De forma que eu fique de bruços.”

“Mas o chão vai machucar o seu rosto.”

“Só faça como eu digo”, insiste Dabba.

Sumdi gira Dabba até que ele fique de bruços. O rosto de Dabba descansa sobre uma das faces.

“Agora ponha o veneno no chão e caia fora”, diz Dabba.

Sumdi abre a palma da mão e se encaminha hesitante para fora da ruela. Chamdi observa horrorizado Dabba lamber o chão.

No meio da tarde, Chamdi está esperando atrás da loja de *beedi*. Ele se força a ler o anúncio de Alfaiates Felizes que foi colado na parte de trás da loja de *beedi*. Um desenho com uma camisa masculina ocupa a maior parte do anúncio e o homem que a veste exibe um enorme sorriso no rosto. No bolso dianteiro da camisa há uma rosa e, no fundo, uma promessa do próprio alfaiate: ALFAIATES FELIZES O DEIXAM FELIZ. Grades pontiagudas estão na frente do cartaz, e Chamdi toma cuidado para não se deixar ferir por elas.

Da posição em que se encontra, ele tem uma visão perfeita do templo. O lugar não parece em nada com um templo, pensa Chamdi. Não é nada além de um apartamento de rés-do-chão que foi convertido em templo. Só a parede amarela o destaca do restante do edifício. Quem sabe se Ganesha considera este apartamento como casa? E se ele for forçado a viver ali sem querer? E se estiver esperando por alguém como Chamdi para salvá-lo? Nesse caso, Chamdi não estaria fazendo nada de errado. Esses são os seus pensamentos enquanto olha para a velha montando guirlandas do lado de fora do templo. Chamdi não pode ouvi-la, mas, pela maneira como a mulher sacode a cabeça, sabe que ela está murmurando uma canção. A velha inspeciona a guirlanda que terminou há pouco, erguendo-a como se a estivesse medindo com uma fita métrica. O sol está brilhando e dá um colorido extra às calêndulas na guirlanda. A mulher a pendura com um fio no telhado da sua pequena loja, então esfrega os olhos e os mantém bem abertos antes de começar uma nova guirlanda. Chamdi se pergunta por que ela usa um sári branco claro. Uma mulher que lida com flores deveria ser tão colorida quanto elas.

Ele agarra com a mão a garrafa de óleo roubado. E se o homem que vende *beedi* o vir? E se o homem vier atrás da sua loja para se aliviar? Não, ele não abandonaria o balcão de sua loja.

Do lugar em que aguarda, Chamdi pode manter um olho em Sumdi e Guddi, que estão do lado de fora do templo, perto da barraca de flores da velha. Sumdi está sem camisa e Guddi tem um par de deuses nas mãos, mas a sua caixa de madeira não está visível. Talvez ela não a tenha trazido porque, se precisarem correr, será difícil carregar a caixa.

Chamdi está alegre, pois nunca esteve dentro do templo. Se tivesse estado cara a cara com Ganesha, roubar seria até mais vergonhoso do que está sendo agora. Chamdi conhece Ganesha por uma ilustração que viu em *Chandamama*, que contava a história do nascimento de Ganesha. Uma das crianças tinha perguntado se Ganesha era real, e a sra. Sadiq disse que ele provavelmente era uma invenção, mas Chamdi replicou que ninguém podia provar isso. Ela continuou explicando que Ganesha deve ser um deus gentil e compreensivo, com orelhas de elefante suficientemente grandes para escutar os problemas das pessoas dos cantos mais distantes da Índia e com membros extras capazes de confortar mais de duas pessoas por vez. Hoje, Chamdi implora ser perdoado por Ganesha. *Por favor, coloque a sua tromba sobre a minha cabeça e me abençoe. Perdoe-me por ser um ladrão, prometo nunca mais fazer isto.*

Um carro Ambassador branco com uma sirene vermelha no teto pára bem em frente ao templo. Um jipe da polícia acompanha o veículo. A porta do Ambassador se abre e um homem vestindo uma camisa branca sai do carro. Chamdi supõe que esse homem é o político. Ele pode imaginar isso pela maneira como as pessoas ao redor do homem o adulam. Chamdi não se lembra do nome do político, mas isso não importa. Ele, de repente, está muito assustado. Não fazia idéia de que a polícia estaria ali.

Então Chamdi se lembra do que Sumdi lhe contou. Se por acaso Chamdi for pego, ele deve começar a chorar imediatamente. Tem que levar quem o pegou até onde Amma está e dizer que ela é a sua mãe e que tudo o que ele queria fazer era comprar um pouco de comida e alguns remédios para ela e para o bebê. Ele não deve ficar preocupado. Mas Chamdi ainda tem medo. É verdade que um cidadão comum poderia esbofeteá-lo e deixá-lo ir, mas esta é a polícia. Ele espera que eles saiam logo.

Assim que pensa isto, um inspetor de polícia sai do jipe. O homem tira o boné, deixa-o sobre o painel do carro e então acompanha o político em direção ao templo.

A chegada do político foi o sinal para Chamdi começar a se cobrir com o óleo. Ele agora abre a tampa da garrafa de óleo e derrama um pouco sobre a palma da mão que treme. Desejaria não ter visto o jipe da polícia. Quer saber se Sumdi tinha conhecimento de que um jipe da polícia sempre acompanha o carro do político. Talvez Sumdi tenha preferido não contar para Chamdi.

As mãos de Chamdi estão pegajosas por causa do óleo, mas ele esqueceu de tirar o seu colete. Tira-o de qualquer maneira e o coloca no chão. Por um instante se pergunta se deveria tirar também o pano branco que mantém ao redor do pescoço, mas decide que não. Fez uma promessa de que só o desamarraria quando tivesse encontrado o pai.

Começa pelo peito. Espalha o óleo uniformemente, ficando de olho na janela em frente, embora reconheça que ninguém se preocuparia por ele estar passando óleo no próprio corpo. Chamdi acha difícil untar as costas, mas, por fim, ele consegue. Sente-se aliviado ao lembrar que quase não comeu nos últimos dois dias e ficou até mais magro. O medo toma conta dele: será que ele pode realmente dar conta daquilo? Um único golpe forte com o bastão de um policial no seu peito e as costelas estarão quebradas para sempre.

Chamdi olha para cima. O inspetor de polícia desapareceu de repente de sua visão. Chamdi procura ao redor com o olhar. E se o policial sentiu o seu cheiro e está se aproximando sorrateiramente por trás para levá-lo embora? Sem dúvida, ele não foi feito para aquilo e Chamdi estaria disposto a trocar as suas pernas ágeis pela perna defeituosa de Sumdi.

O político agora entra no templo. O policial reaparece na linha de visão de Chamdi. Está parado do lado de fora do templo, a menos de um metro de Sumdi. Chamdi sente uma sensação de alívio. Com certeza, agora Sumdi vai abandonar completamente o plano. Ele vai ver o policial, irá perceber o quanto é estúpido tentar esse roubo e se afastará do templo. Acharão outro modo para ganhar dinheiro. Poderá levar um tempo, mas eles têm cérebro. Irão descobrir um modo para salvar o bebê e, por fim, deixar a cidade.

Pelo menos dez homens entraram no templo juntamente com o político. Sumdi e Guddi continuam diante da janela do templo. Não parecem preocupados com o policial. Chamdi sai de detrás da loja de *beedi* e caminha em direção de Sumdi e Guddi. Sim, suas costas e seu peito estão cobertos de óleo, mas isto agora não importa. Nota que Sumdi o observa enquanto ele se aproxima, o rosto do outro demonstrando perplexidade. Guddi dá alguns passos na direção dele, enquanto Sumdi permanece firme em seu lugar com as mãos nos quadris. Chamdi sabe que ela o chamará de covarde. Abaixa o olhar com vergonha, mas depois decide olhá-la direto nos olhos. Ele apela para a sua coragem e ergue a cabeça, enquanto Guddi se aproxima rapidamente dele.

Naquela fração de segundo, uma grande explosão joga Chamdi ao chão. Grandes blocos de cimento caem do alto. Ele protege a cabeça e fica abaixado. Depois de alguns segundos, levanta a cabeça em meio a uma cortina de fumaça densa e preta. Um pó branco aderiu ao seu corpo por causa do óleo. Procura por Guddi. Chamdi percebe que ele está de pé. A janela do templo é agora um buraco enorme sem barras. É difícil ouvir, e quando vê um tronco humano no chão ele grita, mas não consegue ouvir o seu próprio grito. É Sumdi, de bruços, as costas dilaceradas. Chamdi cambaleia na direção de Sumdi, mas os seus pés estão fracos. Cai ao chão. Ainda não consegue ouvir nada. Rasteja para a frente, alcança Sumdi e vira a sua cabeça de lado. A boca de Sumdi está sangrando. Chamdi solta a cabeça do amigo. Agora a sua audição começa a voltar de modo fragmentado. Ouve alguns gemidos amortecidos e chama suavemente: "Guddi, Guddi". Ergue-se sobre os joelhos e olha ao redor. Aproximando-se do som dos gemidos, tropeça no corpo de um homem e se afasta assustado, só para ter o caminho bloqueado por uma laje de cimento. Um sino de metal do templo jaz ao seu lado, sapatos e chinelos estão espalhados do outro lado da rua, e ele ainda não consegue encontrar Guddi. Um braço está caído no meio da rua, com um relógio ainda no pulso. Então vê uma figura num vestido marrom, rastejando para longe, na direção daquilo que um dia fora um templo. Ele se move até ela e a segura pela cintura. Ela fica assustada pelo súbito contato dele e grita. Ele diz: "Sou eu, sou eu", mas, quando olha para ela, Chamdi percebe que não é Guddi, e sim uma mulher adulta. Ele a solta e a mulher engatinha para longe. Um homem ao lado dele se contorce de dor. Fragmentos grandes de vidro estão fincados no pescoço e no estômago do homem. Chamdi tosse e cobre a boca para impedir que o pó penetre nos seus pulmões. Está a ponto de cair, quando então vê a roda de uma bicicleta. Uma mão descansa sobre a roda. Há pulseiras de cor laranja ao redor do pulso. Chamdi é impelido para a dona daquela mão, embora as suas pernas queiram desmoronar. Ergue a cabeça dela suavemente.

Sangue flui do nariz de Guddi e há um corte fundo em sua testa. Ele procura à sua volta por ajuda, mas se vê rodeado apenas por gritos. Chamdi a sacode e a chama pelo nome, mas ela não responde. O sangue do nariz agora escorre até os lábios. Ele tem que levá-la ao dispensário do doutor. Tenta erguê-la, mas ela está pesada, então a arrasta pelos braços. Talvez não devesse puxá-la pelos braços. E se eles estiverem quebrados? Ele se ajoelha, armando-se de todas as suas forças, e ergue Guddi sobre os ombros. Procura a porta do dispensário. Três homens correm em sua direção, mas passam por Chamdi como se ele não existisse. Correm para o Ambassador branco que está em chamas. O jipe da polícia está com as rodas para cima.

Chamdi alcança a porta do dispensário, mas ela está fechada. Ele coloca Guddi cuidadosamente nos degraus do dispensário e bate na porta. Quer gritar por ajuda, mas não consegue. Em vez disso, bate cada vez mais forte. Por que o doutor não abre a porta? Ele a chuta com força e, finalmente, escuta a própria voz, e então grita, mas não é exatamente uma palavra, é um uivo, e os punhos dele se unem ao uivo, esfolados e machucados de tanto bater na porta. Dá uma olhada ao redor e de repente se dá conta de que ninguém pode ajudá-lo. Então ele se senta. Durante algum tempo, permanece sentado nos degraus do dispensário, como se nada estivesse errado. Simplesmente fica olhando para os restos do templo. Dois cachorros vadios estão por perto. É difícil respirar. Ele não olha para Guddi. É mais fácil para Chamdi olhar para os cachorros e estes estão quietos.

Por fim, Chamdi faz um movimento. Ele limpa o sangue da face de Guddi com as mãos. O ar ao seu redor ainda é uma massa caótica de fumaça e poeira, e, através da neblina, Chamdi julga reconhecer Sumdi, sua face enterrada no chão. Ele se força a desviar o olhar depressa. Distingue um outro corpo, a velha que fazia guirlandas. Ela jaz no chão coberto com calêndulas e lírios, e o seu sári branco está vermelho de sangue.

Guddi não está morta, ele diz para si mesmo. Não pode estar. Ele sabia que nada de bom poderia advir do roubo de um templo. Chamdi olha para o corte que ela tem na testa, é semelhante àquele de Munna. Com este pensamento, ele se levanta. Há uma só pessoa que pode ajudar Guddi.

Se Darzi cuidou de Munna, ele pode cuidar de Guddi.

O *adda* não está longe, diz para si mesmo. Eu posso alcançá-lo. Desce ligeiro os degraus do dispensário do doutor e corre, corre mais depressa do que quando fugiu do orfanato. Isso é quase tão veloz quanto ele teria corrido se houvesse roubado o templo, mas agora algo mais precioso do que dinheiro está em jogo. Embora corra mais rapidamente do que jamais correra antes, a sua visão começa a enfraquecer. As lojas ao seu redor começam a girar e os seus joelhos se dobram, e logo ele está esparramado no chão. A última coisa que vê é o céu, um céu preto no meio da tarde.

Assim que Chamdi recupera a consciência, ele

é tomado pelo medo. Mas leva só um segundo para se lembrar de por que está amedrontado. Um velho chega até ele e o toca. Chamdi segura a mão do velho e se levanta. Satisfeito que nenhuma das lojas esteja girando, ele começa a andar rapidamente. Logo a caminhada se transforma em corrida e, uma vez mais o seu corpo prateado está fluindo pela rua. Deseja saber se está correndo na direção certa e fica aliviado quando vê a Pushpam Collection, a loja de roupas com ar-condicionado, e o novo café-restaurante de Shirin. Ao longe, consegue avistar a árvore debaixo da qual costuma dormir. As pessoas passam por ele, afastando-se rapidamente do templo. Um homem que administra uma farmácia fecha as portas. Quando Chamdi ouve a sirena de uma ambulância, é tomado pela preocupação.

Chamdi sente muita dificuldade para respirar, e está surpreso porque correu apenas uma curta distância. Mas logo sente a sujeira em sua boca e percebe que suas narinas estão entupidas com pó. Não há nada que possa fazer a respeito. Ele não pode parar. Diz a si mesmo que não precisa de ar para correr. Só precisa de pés rápidos.

Corta caminho pela sua árvore e atravessa correndo o edifício incendiado. Passa rapidamente pelo buraco na parede e entra no pátio de recreio. Chamdi está surpreso de encontrar meninos de camisa branca e *short* cáqui, e meninas com fitas azuis nos cabelos. Eles também estão correndo, um jogo de *sakli*, com as mãos juntas formando uma corrente, tentando agarrar um menino que está fora de alcance. É como se não soubessem da explosão. O jogo pára por um instante quando vêem as lágrimas de Chamdi.

Ele chega logo ao *adda* de Anand Bhai. Corre até o quarto de Darzi e bate na porta fechada. Não há resposta. Continua batendo. A porta se abre de repente. É Anand Bhai. Chamdi não sabe o que dizer. Não esperava que fosse o próprio Anand Bhai a abrir a porta. Ele está sem camisa e despenteado.

"Caralho, o que é?", ele pergunta fixando o olhar sobre Chamdi.

"Sou eu, Chamdi..."

Chamdi se dá conta de que deve estar irreconhecível, recoberto com pó branco por toda parte. Seus cílios estão grudados e ele pisca rapidamente. Coloca um dedo no olho e esfrega com força. "Eu sou o amigo de Sumdi", explica.

"O que você quer?"

"Houve uma explosão no templo", diz Chamdi.

"Eu sei. Agora caia fora."

Chamdi pode ouvir gemidos de dor vindo do quarto, mas ele se fixa em Anand Bhai.

"Guddi está ferida", diz Chamdi. "Por favor, salve-a."

"Todo mundo está ferido", diz Anand Bhai. "Agora caia fora."

"Por favor, pergunte para Darzi..."

Anand Bhai bate a porta com força. Chamdi não pode acreditar nisso. O seu peito se ergue para cima e para baixo e Chamdi percebe que há um pouco de sangue nele. Deve ser o sangue de Guddi. Talvez não devesse ter deixado Guddi sozinha. E se alguém a confundir com um morto e levar o corpo dela? Se ao menos Sumdi estivesse com ele, Sumdi acharia um modo para salvar Guddi. Ele precisa conseguir chamar a atenção de Darzi. Talvez ele seja um homem amável e tenha piedade de Chamdi. Bate novamente na porta com mais força. Ele está preocupado que Anand Bhai possa cortá-lo com uma faca como fez com Munna. Mas a vida de Guddi vale qualquer risco. Desta vez ele sabe que tem de conseguir a atenção de Anand Bhai de alguma forma, de modo que a porta fique aberta por um tempo suficiente para que Darzi possa notar Chamdi. Mas, e aí, o que ele vai dizer?

Anand Bhai abre a porta novamente.

"Eu lhe disse para ir embora!"

"Eu tenho uma informação para você", diz Chamdi.

"Que informação?"

Antes de Chamdi ter tempo para pensar, um nome sai da sua boca: "Dabba".

"O que tem Dabba?"

"Dabba está morto. Ele comeu veneno de rato."

"Ele se matou?"

"Eu vi com meus próprios olhos."

"E então?"

"Dabba me contou um segredo."

Por um momento, Anand Bhai fica imóvel. Ele se apóia na porta do quarto e olha duramente para Chamdi.

"Dabba me contou um segredo sobre o joalheiro." Chamdi tenta se lembrar do nome da loja, mas sua memória falha. "O joalheiro que está vendendo a loja. Eu sei em que dia e exatamente a que horas ele estará mudando a joalheria."

"Chamdi, escute bem. Se você estiver mentindo, eu o estrangularei bem agora, aqui mesmo."

A boca de Anand Bhai está muito perto de Chamdi.

Há dois grãos de arroz branco grudados na barba de Anand Bhai, como se ele estivesse comendo com pressa ou tivesse precisado abandonar a sua refeição.

"Por favor", implora Chamdi. "Peça para Darzi que salve Guddi. Eu lhe contarei tudo."

"Primeiro conte o que Dabba disse."

"Dabba disse que o joalheiro vai mudar as jóias amanhã."

"A que horas?"

"Eu só vou contar depois que você salvar Guddi."

Anand Bhai esbofeteia o rosto de Chamdi com força.

A mão do homem pousa na orelha de Chamdi e este ouve um zumbido que aumenta e parece entrar em seu cérebro.

"Ninguém negocia comigo, entende?", grita Anand Bhai.

"O que há de errado com Guddi?", pergunta a voz de uma mulher.

A voz vem do quarto de Darzi. Uma velha se agarra à porta aberta para que lhe sirva de apoio. Há rugas em suas faces, como se fossem de couro, e os olhos dela são fendas estreitas.

"Entre", convida Anand Bhai.

"O que há de errado com Guddi?", ela pergunta de novo.

"Ela está muito ferida", diz Chamdi. "Ela vai morrer se vocês não a ajudarem. Houve uma explosão..."

"Nós sabemos", ela diz. "Anand, vá buscar Guddi."

"Você quer que eu salve todo o maldito mundo?", grita Anand Bhai. "Seu próprio filho está sangrando naquele quarto. Por que não cuida dele?"

"Navin vai ficar bem. Ele será examinado depois. Você, vá buscar Guddi."

"Por que você se preocupa com Guddi?"

"Anand. Vá. *Já*."

Anand Bhai entra no quarto de Darzi e volta com uma camisa branca na mão.

"Você tem mãe?", Anand Bhai pergunta para Chamdi.

"Não", diz Chamdi.

"Bom para você", diz Anand Bhai. Ele olha para a velha ao dizer isso. Então volta a sua atenção para Chamdi. "Eu me entendo depois com você. Vamos buscar Guddi."

"Mas Darzi..."

"Darzi está cuidando de meu irmão. Você quer salvar Guddi ou não?"

"Temos que correr bem depressa", diz Chamdi.

"Nada de correr."

Anand Bhai tira as chaves do carro do bolso de suas calças pretas. Ele veste a camisa branca, mas não se incomoda em fechar os botões. Caminham para o carro branco estacionado atrás do quarto de Darzi. Anand Bhai não se apressa. Chamdi engole a sua raiva e olha para o chão, observando como foram plantados os tomates e os pepinos no pequeno espaço bem debaixo da janela de Darzi. Ele se esforça para respirar. Então sai e tenta abrir a porta do carro, mas ela está trancada.

"Depressa!", explode Chamdi. "Ela vai morrer."

"Se o seu destino for este, então ela vai morrer. Mas me deixe explicar algo para você. Se estiver mentindo sobre Dabba..."

"Eu não sou mentiroso", diz Chamdi. "Eu juro."

Por uma vez na vida, ele não acha ruim mentir, embora tenha surgido uma sensação estranha na boca do seu estômago quando pensa no que Anand Bhai vai fazer com ele quando descobrir.

Anand Bhai dá a partida no carro e abre a porta do passageiro. Chamdi entra e, antes que possa fechar a porta, o carro acelera. Eles avançam ao longo da rua atrás do pátio, passam por um vendedor de verduras que transporta os seus legumes sobre rodas. Anand Bhai faz a curva, vira à esquerda. A sua mão direita segura o volante e a esquerda aperta a buzina. Ele mantém a buzina pressionada, simulando a urgência de uma sirene. Mas não há nenhuma necessidade. A rua está deserta. A bomba afugentou todos para dentro de suas casas. Chamdi está aliviado. "Continue respirando, Guddi, continue respirando", ele murmura. Não está nem um pouco preocupado se Anand Bhai pode ouvi-lo.

Anand Bhai esfrega as mãos nas calças, então olha para Chamdi, percebendo o óleo no corpo do garoto. Logo os olhos de Anand Bhai estão novamente na estrada. Passam pelo novo café-restaurante de Shirin. Chamdi fica perplexo ao ver que os vidros na maioria das janelas do prédio de apartamentos estão quebrados. Uma ambulância está estacionada perto do templo, além de três jipes da polícia. Anand Bhai pára o carro.

"Saia", ele diz. "O carro não pode ir mais adiante."

Chamdi e Anand Bhai passam rápido pela ambulância. Dois homens carregam um corpo numa maca, aquele do homem de meia-idade vestido com camisa branca e calças compridas. A pele do seu rosto derrete como cera e seus olhos estão fechados. Os dois homens o colocam na ambulância e retornam depressa para pegar mais corpos.

Eles estão agora perto do templo e Chamdi pode ver a velha que vendia guirlandas. Ela ainda está no chão. As paredes do edifício oposto ao templo têm manchas de sangue. Há vidros em tudo ao redor e gemidos altos de dor de todos os lados.

Guddi está deitada onde Chamdi a deixou, imóvel nos degraus do dispensário. Anand Bhai põe o dedo próximo à boca da menina.

"Ela está viva", ele diz.

Pela primeira vez, Chamdi aprecia as palavras que saem da boca de Anand Bhai. Ele quase esquece o seu medo.

Anand Bhai coloca Guddi nos ombros e caminha para o carro.

"Sumdi também está aqui", Chamdi diz.

"Hah? Sumdi também? Maldição... ele está ferido?"

Ele vai até onde jaz o corpo de Sumdi. Passa por um menino pequeno, alguns anos mais jovem que Chamdi, preso embaixo de uma laje de cimento. Três homens, incluindo um policial, estão tentando erguer a laje. O menino desmaiou.

Agora Chamdi pode ver Sumdi com as costas dilaceradas.

"Ele se foi", diz Anand Bhai atrás de Chamdi.

"Eu não vou deixá-lo aqui", diz Chamdi.

"Não adianta. Ele está acabado."

"Nós também temos de levá-lo."

"Eu não vou desperdiçar tempo com mortos."

Anand Bhai corre para a ambulância com Guddi sobre o seu ombro. Chamdi olha para Sumdi. É como se Sumdi estivesse fazendo uma brincadeira. Ele se pintou de vermelho e cortou de alguma maneira as costas. Chamdi dá uma olhada para ver se alguém pode ajudá-lo a levar o amigo, mas não há ninguém. Ele não quer pedir para os homens da ambulância. Os homens da ambulância não salvam vidas, pensa. Eles só recolhem os mortos.

Pega Sumdi pelos braços e o arrasta. O pescoço de Sumdi está flácido e o seu rosto quase toca o chão. Chamdi não agüenta olhar para o rosto do amigo. Dentes caem da boca de Sumdi.

"Eu disse para deixá-lo", diz Anand Bhai.

Chamdi continua puxando o corpo do amigo até que ele lhe escapa das mãos e cai com um baque. Chamdi levanta Sumdi mais uma vez pelos pulsos.

No minuto seguinte, Anand Bhai ergue Sumdi e

o coloca sobre o seu ombro. Os homens da ambulância observam durante um segundo e então continuam o seu trabalho. Um policial olha para Anand Bhai, mas não faz nada. Bate duas vezes na parte de trás da ambulância e a manda seguir.

A porta de trás do carro está aberta. Guddi está deitada no assento de trás. Anand Bhai atira Sumdi no chão do carro, e Chamdi se pergunta se a queda lhe quebrará algum osso. Não consegue admitir que isso já não importa mais.

Ele espirra forte por causa do pó que irrita as suas narinas. A rua ainda está deserta, como se fosse de manhã cedo. A maioria das lojas fechou, e poucas pessoas caminham na rua ou olham para fora das janelas dos apartamentos.

Chamdi se indaga por que ele não sente vontade de chorar. Ainda acredita que tudo possa ser um jogo, toda aquela pintura vermelha, e Sumdi e Guddi quietos como estátuas, fingindo-se de mortos.

ONZE

Chamdi força os olhos para se adaptar à escuridão. As paredes de cimento cinzentas fazem o quarto parecer menor do que é. Há um banheiro a um canto com uma porta de madeira, ligeiramente entreaberta, e Chamdi vê um balde vermelho no chão. Em um lado do quarto vê-se uma pia de cozinha de pedra, áspera e antiga. Prateleiras de cimento se destacam na parede sobre a pia. Ele nota um saco de arroz sobre uma das prateleiras. O saco está pendurado precariamente e Chamdi tem certeza de que ele logo vai cair sobre a mesinha de madeira posicionada bem embaixo. Um pacote de cigarros Gold Flake está sobre a mesa, juntamente com uma caixa de fósforos semi-aberta. Uma única lâmpada fluorescente, bruxuleante, de tempos em tempos envia por toda parte estranhos clarões de luz sobre o corpo de Guddi. Há um pouco de luz solar neste quarto.

Guddi jaz imóvel no chão. Darzi está sentado no chão e comprime um pano branco sobre a ferida na testa da garota para parar a hemorragia. No chão há um pouco de sangue, mas Chamdi sabe que não é de Guddi. Provavelmente pertenceu ao irmão de Anand Bhai, Navin. Chamdi deseja saber onde está Navin. Ele estava neste quarto e até pouco tempo atrás podiam-se ouvir os seus gemidos.

Darzi pode ser velho, mas senta-se no chão com facilidade. Tem sobrancelhas muito finas e a sua testa parece inchada. Seus cabelos, brancos e brilhantes, são penteados para trás. Ele dirige a Chamdi um sorriso amarelo. Chamdi sorri de volta, mas a sua mente está presa nas tesouras, agulhas e linhas que se encontram no chão ao lado de Guddi, sobre um pedaço de gaze branca. Com uma mão ainda sobre a ferida da menina, Darzi usa a outra mão para erguer o pano. Ele coça a sua canela direita. Com o calor, ergueu o seu colete branco um pouco acima do estômago, que é peludo como o de Anand Bhai.

"Onde está a velha?", pergunta Anand Bhai. Tira a camisa branca e esfrega o rosto com ela. Depois atira-a para um canto. Ela cai próximo a um par de chinelos de Kolhapuri.

"Ela está colocando Navin no seu quarto", responde Darzi.

"Ele está bem?", pergunta Anand Bhai.

"Em dois ou três dias ele ficará bem."

"Eu vou fazer esses bastardos pagarem por isso."

"Sei", diz Darzi suavemente, enquanto retira o pano da testa de Guddi. O sangue ainda escorre. Ele solta um suspiro e volta a colocar o pano na testa da menina.

"Os muçulmanos fizeram isso", diz Anand Bhai. "Eles vão pagar."

"O que resolve sair matando, Anand?"

"Para salvar uma vida, você tem que tirar outra. Nenhum hindu está seguro até que os muçulmanos estejam fora deste país."

"Então agora você quer matar qualquer muçulmano que encontrar?"

"Vou começar com alguns. Começarei com algumas poucas cabeças muçulmanas. Então, eu as mostrarei para Navin e perguntarei: foi este que bombardeou o templo? Ou foi este aqui?"

"Antes de tudo, o que Navin estava fazendo no templo? Por que ele não estava no trabalho?"

"Trabalhar para a companhia telefônica não é um trabalho. É uma escravidão, compreende? De todo modo, eu queria que Navin conhecesse Namdeo Girhe. Mostrar respeito, pedir a sua bênção, assim Navin vai fazer carreira."

"Quem fez carreira de fato foi Namdeo Girhe", diz Darzi.

"Mas seria sábio continuar pedindo as bênçãos de Girhe."

"Para quê?"

"Agora que está morto, ele tem uma conexão direta com Deus."

"Brinque o quanto você quiser. A verdade é que Bombaim, agora, vai pegar fogo. Você vai ver. Mesmo que tenham sido os muçulmanos que fizeram isso, foi um punhado deles", Darzi diz. "Por que os outros deveriam sofrer? Vivemos pacificamente com os muçulmanos durante anos. Eles são nossos irmãos. Só um punhado deles fez isso. O resto é inocente."

"Ninguém é inocente."

"Nós quase perdemos um filho hoje. Não esqueça disso. E por que você não estava no templo? Por que enviou o seu irmão mais jovem?"

Anand Bhai está calado. Ele olha ao redor do quarto, como se não ouvisse as palavras de Darzi. Coloca a mão direita contra a porta de entrada e deixa sair um arroto leve. A velha aparece, afasta a mão dele do caminho e entra no quarto.

"Conte para a sua mãe por que você não foi ao templo hoje", diz Darzi.

A velha não olha para nenhum deles. Para Chamdi,

ela parece muito mais velha que Darzi. Ela olha para a lâmpada fluorescente, piscando como se aquilo a irritasse.

"O nosso filho estava ocupado deleitando-se com Rani, a prostituta dele", diz Darzi. "É por isso que ele não pôde ir. Mas, corajosamente, enviou o irmão mais jovem. O seu irmão mais jovem, que tem um trabalho honesto."

"Navin ficará bem", diz a velha. "Eu o deixei em seu quarto. Ele está dormindo. Agora me diga como está Guddi."

"Sim, Guddi vai ficar bem?", Chamdi pergunta, valente bastante para falar pela primeira vez desde que entrou no quarto de Darzi.

"Sim", responde Darzi. "Mas ela está fraca."

Embora Chamdi fique aliviado ao ouvir isto, ele sabe que tem assuntos mais perigosos à frente. Tem de pensar no que vai contar para Anand Bhai sobre Dabba. E a respeito de Amma, como lhe contar que perdeu o seu filho? Ela vai entender o que Chamdi lhe dirá? Enquanto pensa nisso, o seu olhar pousa sobre uma caixa de madeira no canto onde Anand Bhai atirou a camisa. A caixa tem um Om gravado nela.

"Para o que você está olhando?", pergunta a velha.

"Para aquela caixa", diz ele. "É de Guddi, não é?"

"Sim", responde a velha. "Ela a deixou aqui esta manhã."

Darzi faz um sinal rápido para a velha. Ela caminha

para o canto com a caixa e se senta olhando para a parede. Faz um gesto para que Chamdi se una a ela. Chamdi vai até a velha e se acomoda ao lado dela. Ambos dão as costas para Darzi, entretanto Chamdi se vira para ver Darzi pondo uma linha na agulha. O velho pega uma garrafa que contém um líquido incolor. Põe o trapo na boca da garrafa e molha-o um pouco. Coloca o pano sobre o nariz de Guddi por alguns segundos e então começa a coser de baixo para cima. Foi então que Chamdi se virou.

A velha abre a caixa de madeira. Mais uma vez, Chamdi é tomado pelas cores, mas não há nenhum alívio no seu coração quando vê os deuses pintados. Por que os deuses não protegeram Sumdi e Guddi? Pensa também em Jesus e se admira por ele ter deixado isso acontecer. Talvez seja melhor que Chamdi deixe Jesus lá no orfanato.

"Eu faço estes deuses de barro", diz a velha. "Guddi vende para mim. Ela quis aprender a fazê-los. Eu espero..."

Chamdi nota que a velha está mordendo o lábio. Ele se vira para olhar Guddi, mas a velha põe a mão na bochecha dele e desvia a sua atenção para ela.

"Ela vai viver, não?", pergunta Chamdi.

"Claro que ela viverá. Com todos os deuses que ela tem para protegê-la." A velha sorri. "Veja — são tantos —, você conhece todos, conhece os seus poderes?"

Chamdi sacode a cabeça. A velha pega um deus de

dentro da caixa. Como parece pequeno este deus, pensa ele. A velha não deveria estar segurando o deus na palma da mão. Deveria ser de outro modo. Mas não diz isso.

"Você sabe quem é esta?", pergunta a velha.

Chamdi sacode a cabeça novamente.

A deusa tem uma espada numa mão e um lótus na outra. Ela tem dois braços extras, mas eles estão livres, não seguram nada. Ela está pintada de amarelo e as palmas das mãos são vermelhas.

"Esta é Durga", diz a velha. "A Invencível. Significa que ela não pode ser vencida. Você quer que eu lhe conte a história dela?"

Chamdi se lembra da sra. Sadiq e das histórias de *Chandamama* que ela contava.

"Não", ele diz firmemente. "Eu não gosto de histórias."

"Então saiba o seguinte, Durga está protegendo a nossa pequena Guddi. É por isto que ela foi salva."

Enquanto a velha fala, Chamdi está coçando o seu corpo, distraído. A sujeira e o sangue grudados no seu torso oleoso estão lhe causando desconforto.

"O que você precisa, mais do que qualquer deus, é de um banho e um pouco de comida", diz a velha. "Por que não vai se lavar lá em cima? Tem um banheiro."

"Não, venha comigo", diz Anand Bhai assim que surge na porta.

"Deixe-o ficar aqui", suplica a velha.

"Eu salvei a menina. Agora não interfira."

O tom de Anand Bhai é cortante e a velha não discute. Ela cutuca Chamdi suavemente no ombro. Chamdi se levanta e caminha para a porta. Reza uma oração curta por Guddi, mas é interrompido por Anand Bhai.

"Vamos para o meu quarto", diz Anand Bhai.

Chamdi pisca os olhos ao seguir Anand Bhai sob o sol. O *adda* agora está deserto. A cabra ainda está amarrada ao poste e sacode a cabeça, tentando arrancar o poste do chão, sem resultado. A cortina verde que fecha a entrada do quarto de Anand Bhai está imóvel. A mão de Anand Bhai descansa no ombro de Chamdi ao conduzi-lo através da cortina para o interior de seu quarto.

Este quarto é diferente daquele de Darzi. Rani está deitada na cama e assiste à televisão. O seu cabelo está amarrado em um coque e ela tira as suas pulseiras de ouro do pulso quando Chamdi e Anand Bhai entram. Ela está assistindo a um filme preto-e-branco.

"Desligue", diz Anand Bhai.

Rani se levanta da cama e atende ao pedido. Ela olha para Anand Bhai, esperando instruções adicionais.

"Vá buscar para mim um frango do restaurante mogol. E traga rápido. Abdul já deve tê-lo preparado."

Quando Rani deixa o quarto, olha para Chamdi. Mas não diz uma palavra. Chamdi nota que ela tem manchas azuladas escuras no braço esquerdo.

"Traga pedaços sem gordura", diz Anand Bhai.

Mas Rani já deixou o quarto. A cortina verde está fechada novamente, como se Rani não a tivesse atravessado há poucos segundos.

"Você gosta de óleo na sua comida?", pergunta-lhe Anand Bhai.

Chamdi está inseguro sobre o que dizer. Não pensara nisto antes. "Não", ele decide. "Eu não gosto de óleo."

"Então por que você está com o corpo cheio de óleo?"

Chamdi permanece calado.

"Por que seu corpo está coberto com óleo?", pergunta Anand Bhai.

"Eu... eu não sei."

"Como não sabe?"

"Eu estava brincando... nós estávamos jogando, Sumdi e eu."

Anand Bhai aperta com mais força o ombro de Chamdi. "O que você estava tentando roubar?"

"Nada..."

"A única hora em que uma pessoa se cobre com óleo é quando ela quer ficar escorregadia. Para dentro de onde você queria deslizar?"

Agora Chamdi está com dor. A mão de Anand Bhai está lhe pressionando um nervo do ombro, aplicando uma pressão cada vez maior. Chamdi olha para a tela branca da televisão enquanto a dor o atravessa. A sua boca está entreaberta, pronta para deixar sair um ganido, um grito, qualquer coisa, mas, em vez disso, ele cai no chão em agonia.

"O templo...", geme Chamdi.

Anand Bhai o solta. "O templo?"

"Foi idéia de Sumdi para roubar o dinheiro do templo", diz Chamdi.

Quando as palavras saem de sua boca, ele sente vergonha por culpar o amigo. Espera que Sumdi o perdoe. Não tem outra escolha a não ser contar a verdade para Anand Bhai.

"Eu ia deslizar pela janela lateral do templo e roubar o dinheiro da *puja*. Por favor, me perdoe."

"E sobre Dabba?"

"Dabba está morto. Eu não menti sobre o fato de ele estar morto."

"O joalheiro."

Chamdi não sabe o que dizer. É melhor ficar calado. Não tem coragem para olhar Anand Bhai no rosto. Ele encara o chão cinzento, pedregoso.

"Entendi", diz Anand Bhai.

O telefone toca no quarto de Anand Bhai, mas ele não se move. Chamdi ainda mantém a cabeça abaixada e treme, enquanto espera uma poderosa pancada na cabeça. O toque do telefone se torna incômodo, porque Anand Bhai permanece imóvel. Quando o telefone deixa de tocar, Anand Bhai fala.

"Você está vendo aquela gaveta?", pergunta Anand Bhai.

Chamdi não levanta a cabeça. Anand Bhai coloca levemente o seu dedo debaixo do queixo de Chamdi e o obriga a olhar. Chamdi olha para a barba de Anand Bhai. Os dois grãos de arroz ainda estão lá, entre os fios emaranhados. Anand Bhai vira a cabeça de Chamdi para a direita, na direção de um velho gaveteiro de madeira.

"Vá e abra a gaveta de cima", diz Anand Bhai.

Chamdi tenta se levantar, mas as suas pernas se recusam.

"Não me faça dizer isto novamente", diz Anand Bhai.

Chamdi quer contar para Anand Bhai que não tem força para se erguer, mas, em vez disso, coloca as palmas das mãos no chão e dá um impulso. Passa pela frente da tela branca da televisão em direção da gaveta.

"Abra", diz Anand Bhai.

Chamdi segura as maçanetas enferrujadas e puxa.

"Você vai encontrar um mapa na gaveta", diz Anand Bhai.

Há apenas o mapa no interior da gaveta. Chamdi olha-o de perto. É grande e está dobrado, e nele há marcas marrons, como manchas de chá. A palavra Bombaim está impressa ali.

"Há algo embaixo do mapa", diz Anand Bhai.

Chamdi coloca a mão sobre o mapa. Pode sentir algo embaixo. Algo duro. Ele segura uma ponta do mapa e a levanta.

Uma faca. Parece a faca de açougueiro que Munna tinha roubado.

Ele olha para trás, para Anand Bhai.

"Traga aqui."

Chamdi segura a faca pelo cabo e não gosta da sensação em sua mão. O cabo preto não parece novo, está liso pelo uso. Ele segura muito levemente e se certifica de que o corte da lâmina aponta para o chão. Chamdi agora está a menos de meio metro de Anand Bhai.

"Agora corte a sua língua", diz Anand Bhai. Chamdi tem certeza de não ter ouvido as palavras de Anand Bhai corretamente.

"Você mentiu para mim", diz Anand Bhai. "Então ponha a sua língua para fora e corte."

O tom de Anand Bhai é casual. Não há nenhum ódio nele. Ele se levanta com os braços cruzados sobre o peito cabeludo.

"Eu estou esperando", diz Anand Bhai. "Ou você faz ou eu o farei. O problema comigo é que sou um perfeccionista. Isso significa que trabalharei lenta e firmemente e quero ter certeza de que o corte será em linha reta. Se não for, eu vou recomeçar."

"Por favor, Anand Bhai", implora Chamdi. "Eu sinto muito. Eu menti para salvar Guddi."

"E ela foi salva. Mas você tem que pagar. Como Munna. Lembra de Munna? Eu o peguei com a mesma faca que você está segurando, mas não o feri até que ele me desrespeitou com sua resposta, quando disse que não se importava com a polícia. Só eu faço pouco caso da polícia, ninguém mais. Por isso Munna teve que ser castigado. O mesmo será com você, porque me desrespeitou ao contar uma mentira."

"Por favor..."

"Está bem", diz Anand Bhai. "Eu farei isso. Dê-me a faca." Tira a faca da mão de Chamdi. Segura-a com a mão direita e coloca a esquerda sobre o ombro de Chamdi.

"Não se preocupe", ele diz. "Você ainda vai poder ouvir. É mais importante ouvir do que falar."

Chamdi tenta se afastar, mas Anand Bhai o mantém seguro. Chamdi sabe que é tolice correr. Antes de ele alcançar a cortina verde, a faca de Anand Bhai terá cortado parte das suas costas.

"Ponha a língua para fora", diz Anand Bhai.

"Por favor...", diz Chamdi, juntando as mãos e implorando.

"Ponha a língua para fora!"

A rispidez na voz de Anand Bhai sacode Chamdi e

a sua língua desliza para fora. Anand Bhai enterra as suas unhas na ponta da língua de Chamdi.

"Não é surpresa que você minta tanto", diz. "Você tem uma língua comprida. Não se mova. Se mover nem que seja só uma polegada, esta faca vai entrar no seu olho. Agora eu vou cortar a sua língua, não se preocupe, vai ser de uma só vez, está bem? Vou contar até três. Respire fundo. Um, dois..."

Chamdi emite estranhos sons de desespero. Com a língua de fora, é difícil para ele falar.

"Pare de fazer ruídos. Você não é bobo", diz Anand Bhai.

Ele faz um pequeno corte na extremidade da língua de Chamdi. Gotas de sangue escorrem pela lâmina.

"Você sentiu isto?", ele pergunta. "Eu comecei."

Lágrimas se formam nos olhos de Chamdi. Anand Bhai o solta.

"Sinto muito", diz Chamdi. "Deixe-me ir, eu vou..."

"Você vai o quê?", pergunta Anand Bhai. "Fale enquanto ainda tem uma parte da língua."

"Vou fazer qualquer coisa para você", diz Chamdi.

"Eu pedi que cortasse a sua língua. Uma tarefa tão simples, mas você não conseguiu fazer."

"Qualquer outra coisa. Vou mendigar para você por toda a vida."

"Mendigar? Quem se importa com mendigar?"

"Tudo o que você quiser. Eu roubarei."

"Que mais?"

"Eu roubarei, vou... fazer tudo o que você pedir."

"Você tem certeza?"

"Eu prometo", diz Chamdi.

Anand Bhai passa o indicador sobre a lâmina da faca. Funga com força um par de vezes, como se houvesse algo irritando-lhe as narinas. Ele entrega a faca para Chamdi.

"Recoloque a faca na gaveta", diz Anand Bhai.

Chamdi vai até a gaveta. O corte na língua arde. O telefone toca novamente. Rani entra pela cortina verde com uma sacola plástica branca na mão. A idéia de comer deixa Chamdi enjoado. Em todo caso, o corte na língua tornará difícil e doloroso comer. Rani vê que Anand Bhai está calado. Coloca a sacola plástica sobre a televisão e atende o telefone. Começa a falar em tom baixo, como se percebesse o que havia acontecido no quarto.

"Eu gosto de você", Anand Bhai diz para Chamdi. "Você arriscou a sua vida para salvar seu amigo. Eu preciso de homens assim."

Chamdi está confuso.

"Você também é esperto", continua Anand Bhai. "Eu acreditei em você sobre Dabba. Mas teria arrancado isto de você em um segundo se eu quisesse. Só que preciso manter a velha feliz. Na velhice, ela se preocupa muito comigo. Eu salvei Guddi para a tranqüilidade dela. Nos próximos dias serei forçado a tirar muitas vidas e Deus é minha testemunha: eu salvei a vida de uma menina pequena. Então foi por isso que eu fiz. De qualquer maneira, eu gosto de você."

Chamdi não entende por que Anand Bhai agora gosta dele. Apenas poucos instantes atrás, ele estava a ponto de lhe cortar fora a língua.

"Vamos comer", diz Anand Bhai. "Desligue o telefone, Rani."

Rani acena com a cabeça e sussurra uma despedida ao telefone. Ela coloca o fone preto no gancho.

"Você gosta de frango?", Anand Bhai pergunta para Chamdi. "É comida mogol. A melhor do mundo. Mas está picante. Não importa quanto nós falamos para Abdul, ele não escuta. Sinto muito sobre o corte. Vai arder, mas você é um menino forte."

De repente, Chamdi sente medo novamente. Anand Bhai parece até mais perigoso quando é amigável.

"O que vai fazer comigo?", pergunta Chamdi.

"Por ora, nada", diz Anand Bhai. "Por enquanto, vamos comer."

Chamdi dorme no chão do quarto de Anand Bhai, os joelhos apertados contra o peito. A boca está ligeiramente aberta. Cada vez que o corte da língua arde, ele abre ligeiramente os olhos, mas os fecha depressa e tenta dormir. Há horas que o seu sono é intermitente.

"Levante", diz Anand Bhai. "Temos que ir."

Ofuscado, Chamdi olha ao redor do quarto. A luz fluorescente está acesa e a cama de Anand Bhai está feita. Rani não está à vista. Chamdi olha para fora da janela, é noite.

"Vá se lavar", diz Anand Bhai. "Eu limpei o carro. Não quero que você manche o assento."

Em silêncio, Chamdi se levanta e vai para o banheiro. Fecha a porta e passa por cima de um pequeno parapeito que separa o banheiro da área de banho. Quando tira o *short*, uma pétala de buganvília desliza fora do seu bolso. Parece envelhecida. Ele a deixa no chão. Não tira o pano que está em volta do pescoço. Deixa que fique molhado. Vai suavizar o calor.

Pega uma caneca branca que flutua sobre a água contida num balde de aço, enche-a com água e abre bem a boca. Faz uma careta quando a água suaviza o corte, então enche novamente a caneca e derrama a água sobre a cabeça. Este será o seu primeiro banho desde que deixou o orfanato. Procura um sabão e vê uma saboneteira azul-clara. Não se incomoda em pedir a permissão de Anand Bhai. Esfrega-se lentamente até que as partículas de poeira e a sujeira desapareçam pelo ralo.

Enquanto faz isto, pensa em Guddi. Darzi e a

velha são boas pessoas, vão cuidar dela, ele se tranqüiliza.

Logo depois, Chamdi está limpo. Não há nenhuma toalha no banheiro, mas encontra um guardanapo laranja na borda da janela e o utiliza para secar-se. Ele deixa o cabelo molhado. Pensa em Guddi no quarto de Darzi e a imagina andando e rindo. Vou entrar naquele quarto e ela estará de pé, ele se convence. Veste o *short* e sai do banheiro. Terá que pedir para Anand Bhai uma camisa, visto que não tem mais o seu colete branco. Tenta não se lembrar dos eventos que levaram à retirada daquele colete.

"O que aconteceu com as suas costelas?", pergunta Anand Bhai. "Elas são como facas."

Chamdi não responde, entretanto quer contar para Anand Bhai que elas não são costelas, são dentes de elefante, e um dia vão ser usadas contra a vontade dele. A sra. Sadiq era a única pessoa que não o deixava se sentir consciente da sua estrutura magra. Ela sempre dizia que ele ganharia carne com a idade. Ele é atravessado por um desejo súbito de estar com ela.

"Você pode me dar uma camisa, por favor?", pergunta Chamdi.

"O que aconteceu com a sua?"

Chamdi permanece calado. Anand Bhai vai até o gaveteiro de madeira, aquele onde está a faca. Ele abre a gaveta do fundo, tira uma camiseta branca e a atira para Chamdi.

"Eu jogo críquete com esta camiseta", diz Anand Bhai. "Eu adoro o Índia. É um bom time, mas você não pode depender deles. Alguns dias eles são dinamite, noutros são frouxos."

Chamdi acha estranho que, embora ele seja tão diferente de Anand Bhai, os dois gostem do mesmo jogo. Chamdi não viu um único jogo de críquete de rua em Bombaim como imaginava que iria encontrar. Ele nem mesmo viu uma bola de borracha vermelha.

Veste a camiseta. É tão grande para ele que as mangas quase cobrem seus pulsos. Chamdi a enfia dentro do *short* e ela fica parecendo um balão na parte de cima, mas ele não se preocupa. Gostaria também de conseguir um *short* limpo.

"Eu quero ver Guddi", diz Chamdi.

"Agora ela está dormindo."

"Mas..."

"Darzi e a velha também estão descansando. Nós não podemos perturbar."

Por que Anand Bhai não chama Darzi e a velha de pai e mãe? Aqui está alguém que não tem um pai, mas dois, inteiros, e ele nunca se refere a eles como pai e mãe.

Anand Bhai espera por Chamdi na porta. A cortina verde está presa de um lado. Chamdi deseja saber que horas são. Ele pode ver que a maioria das portas dos outros quartos no *adda* está fechada. Uma lâmpada a óleo foi colocada ao pé da porta de Darzi, que também está fechada. A pequena chama de luz da lâmpada a óleo bruxuleia.

Quando se aproximam do carro, Chamdi sente-se enjoado. Ele não quer se sentar. Anand Bhai abre a porta do passageiro para ele, mas Chamdi pára, olha ao redor na escuridão do *adda*. No orfanato, Chamdi tinha as buganvílias para confortá-lo. Mesmo de noite, podia usar a sua mente para iluminá-las e qualquer medo ou doença que ele sentisse desapareciam. Gostaria de poder fazer o mesmo no *adda*, mas tudo que ele pode ver são os tomates e pepinos que crescem atrás do quarto de Darzi. Eles não o tranqüilizam.

Anand Bhai bate por dentro da janela do carro. Chamdi entra, mas não olha para o assento de trás. Olha para a frente e não diz uma palavra. O carro dá a partida e os faróis fazem brilhar os tomates e os pepinos. Eles olham horrorizados para a luz, pensa Chamdi. O vermelho dos tomates lhe lembra o sangue. Por que Deus criou para o sangue e para as flores e os legumes a mesma cor?

A ruela atrás do *adda* não tem nenhuma iluminação de rua, só os faróis do carro iluminam o caminho. Há buracos na estrada, algumas sacolas plásticas estão jogadas ao longo da rua e um homem colocou uma cama sobre a calçada. Esse homem usa a camisa como travesseiro. Os olhos de Chamdi se fecham quando o carro entra num trecho da rua que ele não reconhece. Não tem nenhum interesse nesses arredores, e ele quer fechar bem os ouvidos porque agora pode ouvir Sumdi, que respira sobre o seu pescoço do assento traseiro. Chamdi vira a cabeça e olha para trás, está imaginando coisas.

"Seu amigo está no porta-malas", diz Anand Bhai.

Chamdi fecha novamente os olhos enquanto o carro acelera. Só abre os olhos quando o carro reduz a velocidade e entra em uma pista curta ladeada por árvores de ambos os lados. A pista chega a uma clareira grande. O carro pára.

Chamdi e Anand Bhai saem do carro, e Chamdi olha para o céu noturno. Ele quer saber se Sumdi já está lá em cima ou se ainda está dentro do seu corpo. Mas Sumdi estava tão ansioso para poder correr que não esperaria no corpo, a não ser que fosse obrigado.

Anand Bhai abre o porta-malas do carro. Olha para Chamdi, que entende que precisa ajudar Anand Bhai a levantar o corpo. Chamdi não quer ver o rosto do amigo. Sabe que irá manter uma imagem do rosto de Sumdi para sempre na sua mente: com os dentes saindo da boca e caindo sobre a estrada de cimento.

Ele fica aliviado ao ver que o corpo de Sumdi está coberto com um pano branco. Anand Bhai segura uma extremidade do corpo e Chamdi a outra. Com uma mão, Anand Bhai fecha depressa, com um estrondo, a tampa do bagageiro.

Chamdi vê vários abrigos com telhados de zinco na clareira. Debaixo de cada telhado há uma laje de cimento e sobre esta se vêem caixões para os mortos. Há pelo menos sete ou oito fogos que crepitam ao mesmo tempo. Numa torneira perto dos abrigos, um velho lava as mãos na água corrente. Ele usa a parte de dentro da camisa para esfregar as mãos e o rosto. Homens, vestidos principalmente de branco, juntam-se perto dos corpos dos mortos. As mulheres sentam-se em bancos longe da pira funerária. As lamúrias de uma mulher jovem perfuram o ar empoeirado. Uma mulher mais velha, vestida com um *salwar-kameez* bege, acaricia uma outra mais jovem para acalmá-la, mas parece não surtir efeito. Os gritos da jovem se misturam com o som da madeira crepitando. Um grupo de homens passa por Chamdi carregando um corpo em uma maca. Não proferem uma só palavra e simplesmente ouvem os soluços que chegam de alguns dos abrigos. Os soluços fazem Chamdi pensar numa única coisa: como contar para Guddi que o irmão dela está morto. Sabe que ela é uma menina valente, mas como irá suportar a notícia? O que ele mais teme é que não haja nenhum choro. E se ela simplesmente fechar os olhos e nunca mais acordar?

Anand Bhai conduz Chamdi para um dos abrigos com uma pira funerária. A madeira está empilhada ordenadamente. Colocam o corpo no chão. Chamdi não quer tirar o pano que envolve o corpo de Sumdi.

Mas Anand Bhai o arranca fora.

Chamdi se força a olhar. A face de Sumdi está mais destruída do que Chamdi se lembra.

Um homem vem até eles. Chamdi pode ver que é um sacerdote por causa do *tikka* vermelho na testa. Um jovem, talvez dois ou três anos mais velho que Chamdi, segue o sacerdote. Anand Bhai ergue o corpo de Sumdi e o coloca em cima da pira de madeira. Os troncos estão muito bem arrumados e cobertos com óleo. Chamdi observa o corpo de Sumdi, está sujo e ensangüentado. Ele se pergunta se deveria queimar o seu pano branco ali mesmo, com as três gotas de sangue nele, agora mesmo, junto com o corpo de Sumdi. É inútil, pensa. Eu sou tolo em pensar que vai me conduzir até o meu pai. Veja o que ele fez para mim até agora.

O sacerdote começa a cantar uma oração, mas Anand Bhai o interrompe. O sacerdote borrifa então um líquido em cima do corpo. O jovem segura uma tocha flamejante na mão e olha para Anand Bhai, que se vira para Chamdi. A chama amarela tremula ao vento. O sacerdote coloca alguns troncos pequenos sobre o corpo, e o rosto de Sumdi não é mais visível. Chamdi quer tirar os troncos, quer dar um último olhar, uma palavra talvez, um sussurro na orelha de Sumdi. Se Sumdi tivesse uma escolha sobre como ir, ele gostaria de partir com um *beedi* na boca.

O jovem entrega a Chamdi a tocha. Chamdi quer

fazer uma oração, mas, quando tenta pensar em Deus ou no céu, a oração é substituída por *flashes* do buraco aberto no templo.

Chamdi encosta a ponta da tocha nos pés de Sumdi.

Ele não suporta começar pelo rosto.

O que o enfurece é que Anand Bhai está assistindo à cremação de Sumdi. Deveria ser de outra forma.

Ao ouvir as lamúrias das pessoas ao redor das piras funerárias, se pergunta por que ele também não está chorando. E se Sumdi o visse agora neste momento? Sumdi ficaria surpreso de Chamdi estar assistindo como Anand Bhai, inanimado e sem sentimentos. Chamdi não sabe o que fazer, assim, solta a tocha e assiste em silêncio às chamas crescerem ao longo do corpo de Sumdi.

Chamdi está parado do lado de fora do quarto de Darzi. A porta está fechada. O pano branco já não está no seu pescoço. Transformou-se num pacote na mão dele. Ele o retirou no local da cremação e agora contém as cinzas de Sumdi.

Chamdi bate à porta. Anand Bhai tinha dito para não fazer isto, mas ele já não se preocupa. Olha para o quarto de Anand Bhai. A luz está apagada. Anand Bhai deve estar dormindo agora. Chamdi está a ponto de bater um pouco mais forte, quando a velha abre a porta. Ela não diz uma palavra quando o deixa entrar.

Darzi está adormecido no chão, roncando ruidosamente. As suas mãos estão apertadas sobre o estômago e a cabeça está voltada para o teto. A velha volta para o seu lugar ao lado de Darzi. Chamdi se pergunta por que Anand Bhai não dá uma cama para os pais. Mas, talvez, eles prefiram dormir sobre o chão duro, como a sra. Sadiq.

Chamdi se aproxima de Guddi na escuridão do quarto. Coloca o pacote branco no chão. Guddi está deitada no chão, numa posição semelhante à de Darzi. A sua testa está enfaixada e, quando Chamdi se abaixa, ele pode ouvir a respiração leve da menina. Ele quer saber novamente como vai contar para Guddi sobre a morte de Sumdi. Talvez ela já saiba. O que ele deveria dizer? Quais deveriam ser as palavras exatas?

Seu irmão está morto.

Sumdi morreu.

Sumdi não sobreviveu.

Sumdi.

Sim, isto é tudo o que ele precisa dizer. Ele só precisa proferir o nome do irmão. Ela saberá.

Chamdi segura a mão de Guddi na sua, ansioso para ela acordar. Sabe que é melhor que a menina descanse, mas Guddi tem que enfrentar a morte de Sumdi o mais cedo possível, porque ele não pode agüentar isso sozinho. Não que ele sinta muito. Na realidade, está muito surpreso consigo mesmo por sentir tão pouco. Sumdi poderia ter sido como um irmão para mim, pensa, mas isso teria levado tempo.

Enquanto Chamdi pensa, Guddi se agita. Talvez ela tenha lido os seus pensamentos. Ou talvez Sumdi já esteja falando com ela, contando que, finalmente, chegou à aldeia deles, só que é ligeiramente diferente do esperado, mas que é, sem dúvida, a aldeia deles porque ele reconhece algumas das pessoas ao redor, e claro que também conhece o chefe da aldeia e estará logo com ele, mas não sente nenhum medo, porque viveu uma vida tão limpa quanto as ruas de Bombaim lhe permitiram e ele está seguro de que o chefe da aldeia vai entender.

Chamdi coloca a mão sobre a testa de Guddi. Ela olha para ele e não diz nada, e três pensamentos flamejam na sua mente: *Espero que ela não tenha ficado cega. Espero que ela não esteja surda. Espero que ela não tenha perdido a voz.* Qualquer desses acontecimentos poderia ser possível, ele sabe, porque ele foi poupado completamente e uma pessoa sempre agüenta um fardo injusto.

Mas Guddi olha nos olhos dele e a primeira dúvida de Chamdi é esclarecida. Ele quer perguntar algo para que ela lhe responda e os outros medos possam também desaparecer, mas Chamdi não sabe o que dizer. Poderia dizer que foi uma bomba, ou que o político morreu, ou que Anand Bhai prometeu que haverá mais rebeliões. Ele poderia contar tudo isso, mas nada a interessaria.

E foi quando Guddi abriu a boca e disse suavemente: "Sumdi".

Agora Chamdi sabe que não precisa mais explicar nada porque a sua mão o trai ao apertar firmemente a de Guddi. Ele sente retornar o enjôo de antes, bem como o calor das chamas. Pode sentir as chamas por toda parte, sobretudo no seu rosto, sente-se envergonhado de como está tremendo, enquanto Guddi permanece completamente imóvel, olhando fixo para ele pelo que parece ser um tempo longo, e então ela estremece, o seu aperto de mão se torna mais forte, como se uma bomba de dor tivesse explodido nela também.

Pela manhã cedinho, Chamdi e Guddi caminham pela ponte da Grant Road. Embora Guddi estivesse muito fraca para deixar a casa, Chamdi explicou que eles precisavam cumprir o sonho de Sumdi. Isso foi tudo o que disse.

Enquanto sobem os degraus que conduzem à ponte, Chamdi pode sentir que Guddi está preocupada com Amma; ele voltou para o *kholi* para buscá-la, mas ela não estava lá. Ele imagina Amma vagando pelas ruas com um bebê nos braços, sem saber que o filho está morto.

Chamdi se recorda da noite em que ele e Guddi

andaram na carruagem a cavalo. Foi a única ocasião em que experimentou a felicidade, e ele está grato por aquele sentimento. A sua mente volta ao pacote branco que segura na mão. Como a vida é estranha, ele pensa. Eu fui envolvido uma vez neste pano branco e agora é o meu amigo que está nele.

Sobem os últimos degraus da ponte. Guddi se agarra em Chamdi como apoio. O passeio, embora muito curto, a deixou cansada. Ainda é cedo, então a ponte está vazia, mas alguns vendedores ambulantes estão montando as barracas perto da entrada da estação da estrada de ferro. Um homem que vende suco de lima lava os óculos. Um outro vendedor de pentes, espelhos e pequenas agendas estende uma tela de plástico azul no chão e expõe as suas mercadorias, como fazem duas mulheres que vendem bolsas de viagem e roupas.

Guddi está tremendo por causa da febre. Um xale listrado cobre o seu vestido. A velha o deu para impedir Guddi de tremer. Darzi disse que a febre era esperada por causa dos pontos. Não havia motivo de preocupação.

Usuários habituais da estrada de ferro cruzam a rua e esperam pelo próximo comboio. O som de um trem local ribomba debaixo da ponte, e Chamdi vê alguns rostos que observam pelas janelas dos edifícios ao longo dos trilhos da estrada de ferro. Corvos estão empoleirados nos fios elétricos sobre os trilhos.

Chamdi e Guddi estão no meio da ponte, encostados em uma parede de pedra escura. Um homem está se aliviando contra a parede, mas fecha depressa a braguilha e atravessa a rua. Chamdi olha lá embaixo para os trilhos. Um menino pequeno coloca uma casca vazia de coco sobre os trilhos e espera que o trem a esmague. Um pouco mais longe, à frente, um homem com uma garrafa na mão cambaleia ao lado dos trilhos. O barulho do trem diminui, abre caminho para as palavras de Chamdi. Mas Guddi fala primeiro.

"Eu não posso me demorar", ela diz. "Estou muito fraca."

"Eu sei", ele responde suavemente.

Chamdi coloca o pacote branco sobre o parapeito da ponte.

"Você sabe com que o seu irmão sonhava?", ele pergunta.

"Muitas coisas", ela diz. "Ambos sonhamos em voltar para a nossa aldeia."

"Que mais? Qual foi o desejo secreto dele?"

"Eu não sei", ela diz. "Eu estou muito cansada."

"Seu irmão queria voar. Ele disse que a perna dele o deixou pesado e o sonho dele era voar. É por isto que estamos aqui."

Chamdi solta o nó do pano branco cuidadosamente.

"Não posso acreditar que isso seja ele", diz Chamdi

afinal. Guddi simplesmente olha fixo para as cinzas. O sol ilumina os edifícios circunvizinhos e os faz parecer menos desolados. Ao longe, os bairros mais elevados de Bombaim aparecem indistintos e observam do alto as favelas da cidade.

"Quero dizer isto e não sei como", diz Chamdi. "Mas eu amei seu irmão, embora só o conhecesse há três dias."

"Eu o amei também. E da mesma forma Amma."

"Espero que possamos encontrar Amma", Chamdi diz. "Ela não está no *kholi*. Espero que ela volte."

Guddi olha para os trilhos e Chamdi pode ver, pelo tremor dos lábios, que ela está se esforçando para não chorar.

"Temos que ajudá-lo a voar", Chamdi diz.

Cuidadosamente, levantam juntos Sumdi e o libertam em cima da ponte em direção ao céu.

Sumdi se espalha em mil partes diferentes, partículas de cinzas que brilham na luz solar enquanto planam por cima dos trilhos da estrada de ferro. Chamdi pensa nas cinzas como pássaros minúsculos, cada um carregando um traço particular de Sumdi: o sorriso, os dentes serrilhados, a boca suja, a cicatriz profunda, a perna de pólio, o seu braço ao redor dos ombros de Chamdi, a sua risada no ouvido da irmã.

Assim que a última das cinzas deixa o pano branco, Chamdi o deixa escapar da mão.

Vá pousar aos pés de meu pai, diz para o pano.

As três gotas de sangue o ajudarão a reconhecer o pano. Agora é a vez dele de me achar.

Chamdi gostaria que a sra. Sadiq estivesse ali para testemunhar este momento porque ela teria ficado muito orgulhosa dele. As palavras dela lhe voltam à mente: *Você já não tem dez anos. Você é agora um homem e é culpa minha se eu o tornei o homem que você é.* Mas Chamdi agradece a ela. Quer que ela saiba isso.

De certo modo, tudo bem se o meu pai estiver morto, ele pensa. Se sinto falta de meu pai sem nem mesmo tê-lo conhecido, pensa Chamdi, eu posso imaginar como deve ter sido difícil a separação para minha mãe. Se ambos estiverem mortos, pelo menos eles estão juntos.

E logo, ele se diz, Sumdi voará por cima da cidade e visitará a Bombaim que ele amava, todos os seus recantos sujos. Assistirá a partidas de críquete e brigas de galo, entrará em salões de jogo e jogará até que os seus bolsos fiquem vazios e o seu coração cheio. Algumas partes dele cairão no teto daquele trem local, onde ele permanecerá até que o trem chegue ao fim da linha, mas outras continuarão voando, elas circularão a cidade e então o mundo, e não será o mundo que Chamdi conhece. Será um mundo visto do céu.

Chamdi olha para Guddi, que está chorando, e de repente ele sabe exatamente o que tem que dizer a ela. "*Khile Soma Kafusal*", diz Chamdi, enquanto acaricia o rosto da menina. "Eu falo com você no idioma dos Jardins."

Desta vez, Guddi não pergunta o que as palavras dele querem dizer, porque o modo como ele olha para ela lhe revela o exato significado. Mas, claramente, as palavras de Chamdi não são suficientes.

"Sumdi está livre", Guddi diz. "Mas nós estamos presos aqui."

"Não, nós não estamos", diz Chamdi.

"Nós nunca poderemos deixar Bombaim."

"Tudo bem", ele diz. "Porque Bombaim nos deixará."

"O que você quer dizer?"

"Kahunsha nascerá."

"Será que isto é possível?", pergunta Guddi, esperançosa.

"Se você puder acreditar, é possível", diz Chamdi.

DOZE

A velha traz dois copos de chá fumegantes. Anand Bhai e Chamdi sentam-se nos degraus do lado de fora do quarto de Darzi. Chamdi nota que há três degraus, como no orfanato. Como ele adorou descer por aqueles degraus e ser cumprimentado pelas buganvílias. No *adda* de Anand Bhai faltam cores. Talvez não seja possível que plantas e flores cresçam na presença de um ser humano como ele.

Darzi deu a Guddi um analgésico e ela voltou a dormir. Chamdi gostou da maneira como Darzi leu em voz alta o nome do comprimido branco, *Comb-bee-flaam*, como se fosse uma semente mágica. Ele gostaria de ter pais como Darzi e a velha. Chamdi usaria as palavras pai e mãe, porque essas são palavras que ele nunca pôde dizer na vida.

Anand Bhai toma um gole do chá e olha fixamente a parede que separa o seu *adda* da escola. Diante deles, dois pardais bicam o chão.

"Beba seu chá", diz Anand Bhai.

"Está muito quente", diz Chamdi. "O corte na minha língua arde."

Anand Bhai coloca o copo de chá no chão e põe o braço ao redor de Chamdi.

Chamdi está pouco à vontade, o toque de Anand Bhai não é caloroso. A sra. Sadiq era a única pessoa cujo toque confortou Chamdi, mas ele nunca a deixou saber disso.

"Você sabe o que é a injustiça?", pergunta Anand Bhai.

"Eu... sim."

"Explique para mim."

"Se alguém que é bom sofre, então está errado. Não é?"

Anand Bhai retira a mão do ombro de Chamdi. Pega um maço de Gold Flake do bolso de sua camisa branca. Bate o cigarro três vezes sobre o maço. Chamdi se indaga o que Anand Bhai pode estar pensando, talvez na sua própria infância, quando corria ao redor do *adda* e jogava críquete com meninos da sua idade. É difícil para Chamdi imaginar que Anand Bhai já foi criança. Anand Bhai acende o cigarro com o isqueiro de ouro e deixa sair espirais de fumaça pelos lábios.

"Você se lembra do que eu lhe contei sobre Radhabai Chawl?"

"Sim", diz Chamdi.

Mas Anand Bhai continua como se não desejasse receber uma resposta à sua pergunta.

"Inocentes foram queimados, uma grande injustiça. Você entende? Além disso, o que aconteceu no templo... seu amigo Sumdi. Não havia nenhuma necessidade de ele morrer. Até meu irmão Navin ficou ferido."

"Sim...", diz Chamdi. "Mas não há nada que nós possamos fazer."

Anand Bhai dá uma longa tragada no cigarro e mostra os dentes para Chamdi. Quando exala, os pardais que estavam bicando migalhas de pão voam sobre a cabeça dele.

"Há algo que nós podemos fazer", ele diz. "Temos que deixar os muçulmanos saber que Deus está do nosso lado, e não do lado deles."

A menção de Deus traz mais uma vez à lembrança de Chamdi o buraco escancarado no templo, o tronco de Ganesha jazendo desamparado na rua, incapaz de se erguer e jogar água sobre as chamas. Chamdi viu os deuses que a velha faz e eles são muito pequenos, cabem numa caixa de madeira. Ele viu Jesus em tamanho natural, mas até mesmo Jesus é impotente.

"O que você acha?", pergunta Anand Bhai.

"Eu... sobre o quê?"

"O que você acha que nós deveríamos fazer?"

"Eu não sei", diz Chamdi. "Nada."

"Nada? Seu amigo morreu e você só quer ficar aí sentado? Não quer vingança? Se alguém prejudicar os meus irmãos hindus, eu vou cortar esta pessoa em tiras."

Anand Bhai bate as cinzas do cigarro que caem ao chão. Chamdi olha para a ponta reluzente do cigarro.

"Nós reproduziremos Radhabai Chawl para os muçulmanos", diz Anand Bhai. "E acontecerá em muitas partes da cidade ao mesmo tempo, não só aqui."

Chamdi não entende exatamente o que Anand Bhai quer dizer com isso. Anand Bhai coça o peito e range os dentes ao mesmo tempo.

"Você virá junto. Fará parte de nossa gangue. Será treinado para isso... eu quero que os meus homens o vejam; embora seja tão pequeno, você não tem medo diante do perigo. Eles ficarão impressionados. É assim que você vai conseguir o seu lugar na gangue. O futuro está em vocês, os jovens. Se eu conseguir cinqüenta Chamdi, então pense no poder que terei daqui a alguns anos."

"Mas..."

"Você fará como eu digo, Chamdi. A partir de agora, você trabalha para mim", diz Anand Bhai.

Anand Bhai se levanta e joga fora o resto de seu

chá. Coloca o copo sobre o cascalho. Alisa a barba e olha para a mancha deixada pelo copo de chá.

"Você me pertence", diz Anand Bhai. "Lembre-se disso."

Chamdi não sabe o que fazer. Ele entende agora por que a sra. Sadiq era contra as crianças irem para a cidade, por que ela queria que todos deixassem Bombaim.

Mais do que nunca, deseja a presença da sra. Sadiq, suas mãos compridas e ossudas.

TREZE

Já é tarde da noite. Embora todas as portas e janelas dos apartamentos de um dormitório estejam fechadas, o *adda* de Anand Bhai está agitado. Aproximadamente quinze homens estão reunidos, e Chamdi observa que alguns fumam cigarros, outros estiram os membros e um par deles se encaminha para fora do quarto de Anand Bhai. Os homens são, na maioria, baixos e magros. Vestem-se de maneira simples: camisas escuras, *jeans* ou calças compridas, e sandálias. Munna também está presente. Traz uma bandagem branca ao redor do olho. Munna também levará a assinatura de Anand Bhai para o resto da vida. Chamdi procura por Sorte Grande e Bonitão, mas eles não se encontram em parte alguma. Faz sentido, eles são inúteis esta noite. Chamdi sente o olhar duro de Munna sobre si, como se ele não aprovasse a sua presença ali.

Esta noite, Anand Bhai usa uma camisa preta no lugar da branca habitual. As suas calças também são pretas. É como um uniforme. Anand Bhai segura um grande pedaço de papel dobrado e uma lanterna na mão esquerda enquanto se encaminha para os seus homens. Ele cumprimenta um por um e Chamdi ouve alguns dos nomes: Rathore, Vishnu e Sitaram.

Anand Bhai vai até o carro estacionado na parte de trás do *adda*, do lado de fora do quarto de Darzi, perto dos tomates e dos pepinos. Ele leva o veículo para o centro do *adda*, onde os homens formaram um grupo. Os faróis iluminam as paredes das casas e salientam as rachaduras.

Anand Bhai sai do carro e abre o porta-malas. Nesse preciso momento, Chamdi se lembra de Sumdi, inanimado e envolto no pano branco. Anand Bhai usa uma lanterna para exibir o conteúdo do bagageiro. Há facas, como aquela que Anand Bhai usou na língua de Chamdi, longas espadas curvas, com as empunhaduras em más condições, e uma barra sólida de ferro. Também um cadeado grande, do tipo que Chamdi viu nas portas de ferro das lojas. E dois tacos de críquete.

Anand Bhai está em frente dos seus homens e fala com voz forte.

"Esta cidade ficou perigosa", ele diz. "Os muçulmanos também são guerreiros, assim como nós. Vamos lhes dar o que merecem. Eles também são tigres. Mas a regra é que toda selva tem que ter só um tigre. E, em uma selva indiana, só há lugar para um tigre hindu. Eu espero que todos vocês cumpram o seu dever como hindus. Agora escolham as suas armas. Exceto Munna e Chamdi."

Mãos se movem, apanhando facas e espadas. Há o tinido de lâminas quando as armas batem umas contra as outras. Quando todas as facas e espadas estão distribuídas, um homem escolhe a barra de ferro. Ele experimenta a sua superfície e a beija.

"Vamos", diz Anand Bhai. "Ninguém joga críquete aqui? Estes bastões esmagaram algumas cabeças. Levem os bastões. Vamos apreciar um críquete noturno."

Dois homens pegam os bastões. As extremidades deles são grossas e a madeira parece velha, mas sólida. A borracha ao redor dos cabos de madeira está gasta, contudo está intacta.

"E eu?", pergunta Munna.

"Pegue o cadeado", diz Anand Bhai. "Você vai trancar a família."

Munna alcança o fundo do bagageiro e apanha o cadeado.

"Não feche", diz Anand Bhai. "Eu não tenho a chave."

"Sim, Anand Bhai", responde Munna. Ele deixa

a língua sair um pouco fora da boca, como se estivesse sopesando uma comida que lhe dá prazer.

Anand Bhai bate a tampa do bagageiro. Chamdi está aliviado porque não lhe pediram para escolher uma arma. Talvez tudo o que Anand Bhai quer que ele faça seja olhar. Anand Bhai coloca o grande pedaço dobrado de papel sobre o bagageiro do carro. Chamdi vê que é o mapa de Bombaim que estava na gaveta de Anand Bhai. Anand Bhai desdobra o mapa e o ilumina com a lanterna. Embora Chamdi esteja assustado, o mapa o fascina. Ele nunca viu Bombaim antes. Tem uma forma tão estranha e, de onde ele está, parece-lhe que Bombaim é uma espécie de boca enorme, o bocejo de uma terrível criatura de *Chandamama*. Há linhas ao longo de seu corpo e ele imagina que são ruas, mas também não consegue evitar de pensar nelas como rachaduras na pele da criatura. É como se Bombaim estivesse cortada e contundida.

"Haverá múltiplos ataques", diz Anand Bhai. "Foi o que me contaram."

"Quem contou?", pergunta o homem com a barra de ferro.

"A ordem veio de cima. Isso é tudo o que posso dizer. Enquanto estamos falando, algo está acontecendo em Byculla."

O dedo indicador de Anand Bhai aponta para Byculla no mapa. Está bem no fundo da garganta da criatura, só alguns centímetros distante da sua boca que grita.

"Esta noite haverá problemas em Byculla, Parel e Dadar", diz Anand Bhai. "Sei que nenhum de vocês precisa deste mapa, todos conhecem bem a cidade, mas eu o trouxe aqui por uma razão. Vejam o nome no mapa. O que diz?"

"Bombaim", vem a resposta.

"De agora em diante, nós não mais iremos pronunciar este nome. Esta ilha pertence à deusa Mumbadevi, e temos que resgatá-la como uma cidade hindu. Jai Maharashtra!"

Chamdi reconhece o nome Maharashtra como o do estado em que Bombaim está localizada. A sra. Sadiq lhe ensinou isso. Anand Bhai usa o isqueiro de ouro para queimar o mapa. "Nós cremaremos Bombaim para que Mumbai possa nascer."

Faz-se silêncio entre os homens.

"Esta noite, deixaremos em paz as áreas muçulmanas até que tenhamos mais homens", avisa Anand Bhai. "Por ora, não haverá nenhum ataque perto de Dongri, Madanpura, Agripada, J. J. Hospital e o Bazar de Bhendi. Esta noite, começaremos com uma família. E, antes de irmos, eu quero apresentar alguém."

Anand Bhai aponta a lanterna para o rosto de Chamdi, diretamente para os seus olhos. Chamdi ergue a mão para não ser ofuscado pelo clarão.

"Este é Chamdi", diz Anand Bhai. "É o meu menino.

Ele estará conosco mais à noite. É a iniciação dele em nossa gangue."

"Este *chintu*?",[1] pergunta alguém.

"Ele pode ser pequeno, mas é corajoso", diz Anand Bhai. "O amigo dele, Sumdi, morreu na explosão que matou Namdeo Girhe. Agora Chamdi quer vingar a morte do amigo. Ele quer sangue muçulmano."

Munna olha chocado quando ouve isso. Chamdi deseja saber se foi porque Munna não sabia da morte de Sumdi ou se é porque Anand Bhai pediu para Chamdi fazer parte da gangue. De qualquer modo, não importa.

"Tem uma família muçulmana em Shaan Gulley. Você conhece Abdul, que é o proprietário do Café Arábia, o restaurante mogol da esquina?"

"Frango picante Abdul", diz o homem com a barra de ferro.

"Sim, este Abdul. O sobrinho dele vive em Shaan Gulley."

"Hanif, o *taxiwala*?"

"Hah, Hanif, o *taxiwala*. Ele vive com a esposa e a criança recém-nascida. Hoje à noite, nós cremaremos os três dentro da casa deles. Sem orações."

O coração de Chamdi pára quando ouve isso.

Então um pensamento o assalta: será que este também é um truque, como quando Anand Bhai lhe fez

[1] Literalmente, comedor de queijo. (N.T.)

um corte na língua para lhe dar uma lição? Anand Bhai poderia me dispensar de ir se eu disser que já aprendi a minha lição, pensa Chamdi. Anand Bhai não pode esperar que eu assista a algo tão terrível.

O homem com a barra de ferro diz: "Eu não estou vendo nenhuma gasolina aqui".

"Estará disponível no local", responde Anand Bhai.

"Shaan Gulley é uma área hindu. Por que estamos tão fortemente armados para queimar uma família?"

"Se algum dos nossos irmãos hindus tiver pena de Hanif, então nossas armas os lembrarão de que o dever vem antes da amizade. A família é benquista na *mohalla*,[2] a esposa de Hanif ensina as crianças a ler e escrever, e, sempre que há uma emergência, Hanif deixa os seus vizinhos usarem o táxi dele de graça."

A porta do quarto de Darzi se abre e a velha cambaleia para fora; ela olha atentamente para o grupo reunido. Alguns dos homens a cumprimentam de forma respeitosa, mas de longe. Ninguém se aproxima dela. Chamdi olha para a velha e deseja com todo o seu coração que ela o chame. Sabe que, se correr para ela, Anand Bhai ficará roxo de raiva. Assim, ele fecha os olhos e pensa na pequena caixa de madeira com os deuses confeccionados pela velha. Ele implora ajuda para todos os deuses.

[2] Vizinhança. (N.T.)

Ele não pode acreditar quando a velha responde: “Anand, mande o menino de volta”.

Anand Bhai não responde. Ele se volta para os homens e diz: “Vamos”.

“Como vamos para lá?”, alguém pergunta.

“De ônibus de luxo”, responde Anand Bhai.

Os homens riem enquanto escarram na direção dos pepinos e tomates.

“Anand”, diz a velha novamente. “Deixe o menino aqui. Por favor.”

“Velha, volte para dentro”, ele grita.

Darzi emerge da escuridão do quarto atrás da mulher e coloca as mãos nos ombros dela. Ele a conduz para dentro.

“Anand Bhai”, diz Chamdi suavemente, tomando cuidado para que as suas palavras não cheguem aos ouvidos de nenhum outro homem de Anand Bhai. “Eu aprendi minha lição. Nunca mais voltarei a mentir. Por favor, me perdoe.”

“Eu já o perdoei antes. Agora são negócios. Um dia, você será temido e respeitado como eu. Vejo futuro em você. É valente e o seu coração é bom. Não se preocupe, também me senti assim na primeira vez que fiz algo ousado. Mas o sentimento pesado do coração vai embora, você fica livre. Você mata alguém, come uma refeição picante, pega uma mulher quente e vai dormir.”

"Mas, Anand Bhai..."

"É seu dever", diz Anand Bhai. "Se você não fizer o seu dever, algo poderá acontecer a Guddi. Você não quer que Guddi seja prejudicada, não é?"

Tudo está quieto na estreita viela de Shaan Gulley, com exceção de uma canção lânguida que estala de um rádio em algum lugar. As luzes estão apagadas nas pequenas choupanas. Do lado de fora da maioria das cabanas há barris grandes e Chamdi pode ver que eles estão cheios de água. Alguns dos quartos são feitos de pranchas de madeira e varas de bambu, e têm pisos de palha, enquanto outros parecem mais sólidos. Alguns dos *kholis* são pintados de verde, e roupas e toalhas pendem de pequenos batentes.

Os homens de Anand Bhai andam depressa e carregam espadas, facas e tacos de críquete. Nenhum dos homens parece se importar com o fato de que possam ser reconhecidos. Anand Bhai mantém a sua mão sobre o ombro de Chamdi. O olhar feroz de Munna está novamente fixo em Chamdi. Chamdi enfia a camiseta bem dentro do *short*.

A lua brilha nos telhados de zinco das casas e surpreende as lâminas das facas e espadas. Chamdi pensa se deveria correr e avisar a família de Hanif que eles vão ser atacados. Ele é um corredor veloz e para que lhe servem os pés se ele não os usar bem? Mas não sabe onde Hanif vive e, mesmo se soubesse e fosse correndo avisá-los, Anand Bhai se vingaria em Guddi.

A gangue chega logo a um beco sem saída. Param diante de uma cabana maior, pintada de azul, que se destaca das demais. Pequenas plantas crescem dentro de panelas de barro colocadas junto da porta. Numa garrafa plástica de Bisleri há brotos de uma trepadeira murcha. A porta fechada parece pesada, diferente das portas da maioria das cabanas. Há uma janela e suas portas de madeira estão fechadas. Uma bicicleta preta apóia-se na parede, ambos os pneus estão vazios. Ao lado da cabana azul há um táxi preto e amarelo com um bagageiro prateado sobre o teto. Chamdi gostaria que Hanif, o *taxiwala*, acordasse e dirigisse o carro para longe deste lugar.

Anand Bhai ergue a mão direita e os homens param.

Vai até a cabana à sua direita e bate de leve na porta. Um homem sem camisa, vestindo um *lungi*[3] branco, abre a porta e entrega para Anand Bhai um recipiente de plástico grande. Três quartos do recipiente estão cheios de líquido. Chamdi supõe que seja gasolina. Anand Bhai faz um gesto

[3] Peça de vestuário, normalmente de algodão, em forma cilíndrica, presa à cintura e que vai até os pés. (N.T.)

para que um dos homens pegue o recipiente. O homem de *lungi* entrega mais um recipiente plástico. Por fim, dá a Anand Bhai uma garrafa marrom. Uns trapos brancos saem da boca da garrafa. Também ela está cheia de líquido. O homem de *lungi* desliza de volta para a sua cabana e silenciosamente fecha a porta. Chamdi está confuso. Como este homem pode prejudicar a sua própria vizinhança?

"Dois de vocês vão para a parte de trás", sussurra Anand Bhai. "Não há nenhuma porta, mas tem uma janela pequena. Ninguém deve escapar."

Dois homens correm para a parte de trás da cabana azul. Anand Bhai dá ordens a outros dois homens. "Derramem a gasolina nas paredes, mas tenham cuidado. Não queremos queimar a *mohalla* inteira."

Os dois homens pegam um recipiente cada um e começam a derramar gasolina nas paredes laterais. Um pouco do líquido molha as calças *jeans* deles e seus *chappals*.

"Munna", diz Anand Bhai. "Tranque."

Furtivamente, Munna caminha até a porta. Ele fecha o trinco e então engancha o cadeado de ferro. Contudo, ainda não tranca o cadeado. Talvez faça barulho e acorde Hanif.

"Você sabe por que eu escolhi esta casa?", sussurra Anand Bhai para Chamdi.

"É uma casa muçulmana... é por isso", responde Chamdi, debilmente.

"Esta é a razão principal", diz Anand Bhai. "Mas lembre-se disto: para realmente desfrutar de seu trabalho, tem que haver mais de uma razão. Uma gratificação. Veja, o meu amor de infância mora aqui. O nome dela é Farhana. Estava apaixonada por mim e eu por ela. Mas ela é muçulmana. Embora me pertencesse, casou-se com Hanif. Esta noite eu realizo a minha vingança contra o homem que a roubou. Isto torna o nosso trabalho muito especial."

Olhando para o pequeno exército que o cerca, Chamdi pensa na sra. Sadiq, que, apesar de não ser sua mãe, era ao menos um ser humano bom. Pensa em Pushpa e em como poderiam se tornar amigos depois que ela crescesse. Até o pai de Chamdi, que fugiu dele, parece muito melhor que Anand Bhai.

De repente, uma velha abre a porta de um dos pequenos quartos à esquerda deles e perscruta a escuridão.

"Quem está aí?", ela pergunta.

"Volte para dentro", diz Anand Bhai.

A velha não escuta. Ela percebe as sombras dos homens que espalham gasolina sobre a cabana azul. Talvez tenha visto as lâminas das facas. A mulher grita por ajuda com toda a sua voz.

"Tranque a porta!", grita Anand Bhai.

A voz dele irrompe na noite aberta.

O homem com a barra de ferro corre, junto com

outros quatro homens, para a porta da cabana azul. Munna a tranca.

Uma luz se acende no interior da cabana azul.

Shaan Gulley está acordada, mas nenhum dos homens de Anand Bhai parece apavorado. Anand Bhai usa a lanterna novamente. Ele a aponta para o rosto da velha. Então usa a lanterna para esquadrinhar o resto dos moradores de Shaan Gulley. Homens, alguns de calças compridas, outros de *short* cáqui, outros ainda em *lungis* quadriculados, esfregando os olhos, só para serem cumprimentados pelas palavras de Anand Bhai: "Se alguém interferir, vai morrer".

Hanif e a sua família perceberam que estão presos. Batem desesperadamente na porta. Alguns dos moradores deixam os seus chãos de palha e vão para a ruela, só para dar de frente com as espadas.

"Voltem para dentro", diz Anand Bhai.

"Que diabos está acontecendo aqui?", pergunta um dos moradores.

Anand Bhai aponta a lanterna para o seu próprio rosto. Ele ilumina o rosto de baixo para cima e a sua barba preta adquire faíscas de ouro. As marcas escuras debaixo dos seus olhos são mais proeminentes do que nunca.

"A maioria de vocês me conhece", diz ele. "Portanto sabem que as minhas intenções são boas. Duas noites atrás, uma família hindu foi queimada em Radhabai

Chawl, na vila de Jogeshwari. Nós estamos aqui para fazer justiça. Agora uma família muçulmana também vai ser queimada. Se alguém interferir, será morto. Desse modo, decidam quanto vale a vida de vocês. Nos próximos dias, a cidade inteira será queimada e esta área precisará de minha proteção."

"Mas nossas casas também pegarão fogo", diz alguém.

"A casa azul está isolada. Nós escolhemos cuidadosamente. Agora voltem para dentro!"

Os homens de Anand Bhai estão ao lado dele. Embora quase todos sejam pequenos e magros, as armas lhes conferem ferocidade. Os moradores se retiram para os seus chãos de palha e seus telhados de zinco. Anand Bhai deixa cair a lanterna no chão.

O homem com a barra de ferro de repente se dirige para a janela da cabana azul, como se ouvisse algo.

A janela da cabana azul abre-se.

Sem aviso algum, o homem bate com a barra de ferro no rosto que espia pela janela.

Há um ruído repugnante e a face desaparece. Devia ser Hanif, o *taxiwala*, pensa Chamdi. O homem monta guarda do lado de fora da janela, com a barra de ferro ao lado. Parece pronto a repetir o gesto caso seja necessário.

Na escuridão da viela, Chamdi pode ouvir uma

mulher gritar de dentro da cabana azul: "Socorro, alguém nos ajude!".

Também pode ouvir o choro de uma criança. Deve ser o recém-nascido de Hanif. Chamdi imagina Hanif deitado no chão, com os dentes esmagados pela barra de ferro, o sangue escorrendo-lhe pelo nariz e boca, enquanto a esposa golpeia com os punhos a porta trancada.

Chamdi é incapaz de fazer qualquer movimento. Nenhum dos vizinhos vem em ajuda da família. A maioria dos homens e mulheres retorna às suas cabanas, e os poucos que permanecem parecem tão apavorados quanto Chamdi.

Com a garrafa marrom na mão, Anand Bhai se volta para Chamdi. "Você sabe o que é isto?", ele pergunta. "Esta é uma bomba de gasolina. Vê esta coisa branca?, é a mecha. Depois que eu acender a mecha, quero que você lance a garrafa pela janela lá para dentro."

Chamdi não pode acreditar nos seus ouvidos. Apenas olha para Anand Bhai.

Anand Bhai se inclina para Chamdi: "Eu quero que você lance a bomba. Este é o único meio de criar um nome para você".

"Por favor...", diz Chamdi.

"Agora queime esta família. Ou eu queimarei você junto com eles."

"Por favor... eu não consigo ferir ninguém..."

Anand Bhai agarra Chamdi pelo pescoço e olha

firmemente em seus olhos. Embora queira, Chamdi não consegue desviar o olhar. Está com uma sensação de enjôo na boca do estômago, como se algo quisesse sair. Anand Bhai pressiona os polegares contra a garganta de Chamdi.

"E a respeito de Guddi?", pergunta Anand Bhai. "Pense em Guddi."

"Você pode matar nós dois, Guddi e eu...", diz Chamdi. "Eu não posso fazer isto..."

"Eu o matarei, mas não Guddi", diz Anand Bhai. "Hanif e a família dele vão morrer de qualquer maneira, quer você lance esta bomba, quer não. Mas o destino de Guddi está em suas mãos. Porque, se você não lançar esta bomba, eu a venderei. Eu venderei Guddi para os homens velhos."

As palavras penetram fundo em Chamdi. A sensação de enjôo fica mais forte.

Anand Bhai agarra o ombro de Chamdi e o empurra para a janela. A garrafa ainda está na outra mão de Anand Bhai.

"Vá para a janela", ele diz. "Você está a ponto de se tornar um homem."

Mas Chamdi mal consegue se mexer.

Ele ouve o grito de uma mulher. Embora ninguém esteja na janela, Chamdi a vê: a esposa de Hanif com seus grandes olhos negros, os mesmos olhos que Chamdi viu no rosto de sua mãe em sonhos.

Anand Bhai coloca a garrafa marrom nas mãos de Chamdi. Anand Bhai mantém uma mão ao redor da garrafa.

"Por favor...", pede Chamdi. "Eu não posso fazer isto..."

"Noite após noite, Guddi vai chorar, vai implorar para que a sua vida termine e será sua culpa. É melhor lançar a garrafa. Estas pessoas vão morrer de qualquer maneira. Pense em Guddi. Ela será como Khilowna. Você se lembra de Khilowna?"

Chamdi se lembra de Khilowna. Ele lembra do sangue.

Anand Bhai tira a mão da garrafa.

Ele abre o seu isqueiro de ouro. A chama brilha.

"Eu lhe imploro...", diz Chamdi. "Eu lhe imploro..."

"Faça isto, Chamdi, agora. Caso contrário, eu farei um de meus homens pegá-la esta noite mesmo. Guddi será vendida ainda esta noite."

O aperto de Chamdi ao redor da garrafa se torna mais firme.

Anand Bhai acende a mecha. "Atire!", ele comanda.

Chamdi vacila como se estivesse sendo lançado.

Ele atira a garrafa pela janela..

Vira-se quando a garrafa quebra ao atingir o chão. Chamas sobem. Gritos rasgam a noite. É como se o fogo fosse um animal com fome de humanos.

Quando os homens ao redor dele fogem, Chamdi olha para Anand Bhai, que permanece pregado ao chão. Vestido de preto, Anand Bhai parece fazer parte da própria noite. Chamdi não consegue entender como Anand Bhai pode sorrir numa hora dessas. Anand Bhai não demonstra nenhuma intenção de sair dali.

Mas Chamdi corre.

CATORZE

O *adda* está completamente deserto. Nenhum dos homens de Anand Bhai se encontra por lá. Até a porta do quarto dele permanece fechada. A cabra está acordada em um canto do *adda*, amarrada a um poste de madeira. Deitada no seu canto, ela de vez em quando levanta a cabeça. Chamdi senta-se no chão e fixa a cabra. Há mais de uma hora que chegou ali, mas ainda não bateu à porta de Darzi.

Com apenas um olhar, Guddi saberá que ele fez algo terrível. O que poderá dizer a ela — eu, Chamdi, sacrifiquei vidas? Talvez ela não o reconheça. E se o rosto dele já começou a mudar por causa do que fez há pouco?

Mas a sra. Sadiq o reconheceria num segundo. Ele pode perceber a respiração dela, agora mesmo, junto de seu ouvido: Lembre-se, uma vez ladrão, sempre ladrão. *Eu sou muito mais que um ladrão*, ele diz para ela. Isso lhe causaria tanta dor que ela deixaria completamente de respirar.

Se ele apenas tivesse ficado no orfanato. Teria vivido com as suas buganvílias todos os dias e noites. Fecha os olhos e pressente as buganvílias acariciando seu rosto. Mas, no instante em que o tocam, elas recuam.

Em vez disso, ele vê a esposa de Hanif. Ela olha somente para ele, os seus longos cabelos pretos em chamas.

Um grito súbito explode na noite. Chamdi abre os olhos, mas não há ninguém por perto. Espera que Anand Bhai lhe corte as orelhas porque, se permanecerem consigo, elas carregarão os gritos de Hanif e os da sua família pelo resto da vida.

Talvez as pessoas da *mohalla* estejam lutando contra o fogo, ele se diz. A cabana será destruída, mas a família poderia sobreviver.

Tão logo pensa isso, ele sabe que é algo impossível. Anand Bhai ficou para se assegurar de que ninguém escaparia. Tudo o que Chamdi pode esperar é que a família de Hanif pare de respirar antes que o fogo os queime.

Ele ouve uma tosse pesada atrás da porta. A porta se abre, é a velha. Ainda está tossindo, sai para fora na noite, cospe sobre o pedregulho do *adda* e solta um "aah" curto. A velha ainda não viu Chamdi. Ele não está, contudo, pronto para enfrentar nenhuma pessoa. A velha se volta para entrar no seu quarto.

"Chamdi?", ela chama.

Os seus olhos se estreitam quando ela perscruta pela escuridão. Chamdi não responde nem se levanta. Ele fica imóvel no chão, com as costas contra a parede, uma perna dobrada, a outra estendida.

"Chamdi...", chama a velha novamente. A sua voz está mais suave agora.

Embora ela já esteja curvada, abaixa-se mais para ele. Sua proximidade o deixa incomodado. Ela coloca a palma da mão sobre a cabeça dele e a mantém lá durante algum tempo. Não diz nada. Depois, endireita-se o quanto o seu corpo lhe permite e volta para o quarto.

Ele pode ouvi-la caminhar dentro do quarto. Ouve-se o ruído de utensílios, seguido pelo ronco pesado de Darzi. O ronco começa e pára abruptamente. Chamdi está contente por Guddi ainda estar dormindo. Não tem coragem para ficar diante dela. Decide ir para longe do quarto. Sentado ali, ele sente frio e seu coração está tremendo.

Assim que coloca as palmas no chão como apoio para se levantar, ouve uma voz: "Hoje à noite, vamos nos divertir...".

É Anand Bhai. Ele tem uma garrafa de uísque na mão esquerda e a direita está em volta do ombro de um homem. É o sujeito que bateu a barra de ferro no rosto de Hanif.

"Rani está trazendo uma amiga", diz Anand Bhai. "Vamos nos divertir. Você quer se divertir?"

"Sim", diz o homem. "Eu quero me divertir."

Ambos riem de modo áspero, e Chamdi fica completamente imóvel. Espera que não o vejam. Quando estão a ponto de se afastar, ouve-se o chiado da porta do quarto de Darzi. Uma mão abre a porta e ela bate contra a parede. Chamdi sabe que é a mão de Guddi e ele quer que ela volte para dentro.

Anand Bhai e o homem se viram alarmados. Mas, quando vêem Guddi na porta, eles relaxam. A atenção de Anand Bhai se dirige para a sua direita, onde Chamdi está abaixado.

"Chamdi", diz Anand Bhai.

Ele sobe os três pequenos degraus que conduzem ao quarto de Darzi e se curva para Chamdi, da mesma maneira que a velha.

"Você agiu bem esta noite", diz Anand Bhai. "Você foi muito valente." Põe a mão sobre o ombro de Chamdi e o aperta. "Lembre-se desta noite. Hoje você se tornou um homem." Chamdi pode sentir o álcool na respiração de Anand Bhai. A camisa preta está grudada em seu peito suado. Anand Bhai se volta para Guddi e pergunta: "Você sabe o que nosso herói fez esta noite?".

Chamdi está imóvel, parece ter esquecido como fazer para sair do lugar.

Mas Anand Bhai não. Ele anda na direção de Guddi. Coloca a mão sobre a cabeça dela e olha para

Chamdi. "Vocês dois são muito especiais para mim", ele diz. Então põe os seus dedos debaixo do queixo da menina, olha diretamente para ela e diz: "Até você é especial, Guddi".

A raiva cresce no peito de Chamdi e o faz levantar-se e olhar para Anand Bhai. Cerrando os dedos da mão direita em punho.

"Lembre-se do que eu disse, Chamdi", diz Anand Bhai. "Enquanto você for leal..."

A velha caminha para fora. Estende lentamente o braço para Guddi, e Guddi vai para perto dela e se encosta ao seu corpo.

"Anand, é tarde", ela diz firmemente. "Vá dormir."

Quando Chamdi vê como Guddi se agarra ao corpo da velha, ele entende. Talvez este seja o único lugar onde Guddi esteja segura. Bem ali, no *adda* de Anand Bhai. Bem ao lado da mãe de Anand Bhai. Ela cuida de Guddi e não permitirá que Anand Bhai lhe faça mal. Chamdi não pode confiar em Anand Bhai, ele pode voltar atrás em sua palavra em um segundo, mas Chamdi pode contar com a velha. Contanto que ela esteja viva, Guddi estará segura. Se ele e Guddi fugirem, a velha não poderá protegê-los. Anand Bhai os encontrará e Guddi sofrerá terrivelmente.

Anand Bhai enfia a mão no bolso das suas calças pretas e tira uma nota de cinqüenta rupias. Ele coloca o dinheiro na mão de Chamdi.

"Você agiu bem esta noite", Anand Bhai diz novamente.

Chamdi não consegue dobrar os dedos ao redor do dinheiro.

Anand Bhai sorri para a velha enquanto desce os três degraus e toma um gole da garrafa. Coloca o braço novamente ao redor do ombro do homem e eles caminham para o quarto de Anand Bhai, os seus passos ressoando sobre o pedregulho.

Chamdi olha para o dinheiro em sua mão. É uma nota nova de cinqüenta rupias, mais dinheiro do que jamais teve na vida. Mas ele despreza o toque dessa nota em seus dedos. Luta com o desejo de rasgá-la.

Chamdi fecha os dedos em torno da nota e a coloca no bolso do seu *short*. Ele precisará de dinheiro agora. Para alimentar Guddi e Amma. Pode precisar dele para fugir. Chamdi ainda não sabe.

A velha entra novamente no quarto. Chamdi pode ouvi-la vertendo água em um recipiente. As suas pernas estão fracas e ele senta-se mais uma vez. Guddi o imita. Ela não diz nada. Chamdi observa quando Anand Bhai abre a porta do seu quarto. Ele leva a garrafa de uísque à boca, toma tudo o que sobrou e atira a garrafa vazia ao chão.

Chamdi fixa a parede que separa o *adda* do pátio de recreio da escola. Em algumas horas, o sol vai nascer.

As portas das casas se abrirão, o cheiro de *beedis* inundará o *adda* e o sino escolar vai tocar.

Chamdi percebe que Guddi o olha. Ele continua fixando a parede de cimento à sua frente.

"O que aconteceu?", ela pergunta suavemente.

Chamdi quer fechar os olhos e colocar a cabeça no colo de Guddi, mas não é capaz disso. Um silêncio misterioso envolve o *adda*, como se todo mundo estivesse acordado na escuridão.

QUINZE

Lajes de pedra são visíveis entre as ruínas do edifício incendiado. Ratos mergulham em buracos enquanto lascas de vidro cintilam debaixo da iluminação da rua.

Guddi anda na frente de Chamdi segurando três bananas na mão. A velha as deu a ela e pediu que voltassem para os *chapattis*[1] e o *dal*[2] do dia seguinte. Ela também disse que deixaria Guddi tomar banho se desejasse.

Assim que chegam ao *kholi* deles, Guddi começa a dar passos mais largos.

Amma está de volta. Segura o bebê nos braços, olhando para o céu noturno, e sussurra como se oferecesse a criança aos cuidados do céu.

[1] Pequenos pães redondos feitos com farinha de trigo sem fermento, usados como acompanhamento dos pratos. (N.T.)

[2] Nome popular dado a festas ou reuniões. (N.T.)

Guddi se aproxima de Amma e suavemente apóia as palma das mãos sobre as costas da mulher. Amma continua olhando para o céu, mas entrega o bebê para Guddi e, então, pára de sussurrar. Ela inclina a cabeça de um lado para o outro enquanto abaixa o olhar lentamente.

Guddi coloca o bebê sobre uma folha de plástico embaixo do *kholi*. Descasca uma banana e a oferece para Amma. Amma segura na mão de Guddi, ela não quer que Guddi solte a banana. Ela a engole como se fosse líquido. Chamdi gostaria de saber se o bebê ainda está indisposto. Quando a manhã chegar, irá comprar um pouco de leite para ele. Chamdi cuidará para que o bebê não morra.

Ele vê algo num canto do *kholi*. Forma-se um nó na sua garganta quando pega a camisa de Sumdi nas mãos. Cheira a suor e a *beedi*. Deve ter sido a última coisa que Sumdi tocou. Ele deve ter jogado a camisa no chão logo antes de se posicionar do lado de fora do templo. Chamdi gostaria de saber como uma camisa pode fazê-lo sentir-se assim. Ele não chorou nem um pouco quando o fogo estava queimando o corpo de Sumdi, mas agora esta camisa...

Amma termina de comer a banana, deita-se ao lado do bebê e fecha os olhos. Ela nem mesmo sabe que perdeu um filho, pensa Chamdi. Algumas moscas pousam sobre o seu rosto e ele as espanta. Ela lambe os lábios quando ele faz isso. Chamdi enxuga gotinhas de suor da barriga do bebê, mas rapidamente retira a mão.

Agora Guddi come uma banana e dá para Chamdi aquela que sobrou. Ele começa a descascá-la, mas o faz bem devagar, como se receasse comê-la. Não pode se permitir comer. Seus olhos ainda estão fixos no bebê. Quer contar para Guddi que, ainda há pouco, matou um bebê igual a este.

Ela sabe. Ela sabe o que ele fez.

Ou descobrirá nos dias que virão. Todo mundo falará sobre o incêndio na casa da família em Shaan Gulley, e ela entenderá a parte dele nisto porque Anand Bhai o chamou de herói.

Chamdi observa o movimento da barriga do bebê para cima e para baixo enquanto respira. O outro bebê... o bebê de Hanif... também devia estar dormindo. Não, ele se lembra. Ouviu o choro do bebê dentro da casa. Estava bem desperto.

Algo está apertando o seu coração. Ele não sabe como fazer para parar isso.

Talvez devesse falar com Guddi e contar-lhe exatamente o que fez.

Não, ele nunca lhe dirá. Sabe que Guddi está observando todos os seus movimentos. Ele está contente. Foi forçado a cometer um ato horroroso por causa dela.

Deixe que ela saiba.

Quando pensa isso, fica envergonhado. Chamdi não deve culpá-la pelo que aconteceu. Sumdi ou Guddi teriam feito o mesmo por ele.

Guddi se inclina e agarra a mão dele. Ele nem mesmo percebe que estava tremendo. Chamdi imediatamente retira a mão, é a mesma mão que segurou a garrafa.

"Tudo o que aconteceu, foi certo", ela sussurra. "Foi certo."

Nunca será certo, ele pensa.

"Venha comigo", diz Guddi. "Eu quero levá-lo a um lugar."

Chamdi se deita no chão e fecha os olhos. Não há nenhum sentido em ir com ela. Não importa onde ela possa levá-lo, as chamas de Shaan Gulley sempre o acompanharão.

DEZESSEIS

O rádio do carro de um *taxiwala* toca uma velha canção indiana. Enquanto Chamdi caminha, ele vê, pela janela dianteira do táxi estacionado, um maço de jasmins brancos que pende do espelho retrovisor. Então olha para a guirlanda que está segurando na mão e diz a si mesmo que esta é especial. Não porque foi feita de calêndulas e lírios, mas porque ele a fez. Ele a fez para Sumdi.

Guddi tem desejado já há algum tempo trazer Chamdi ali. A única razão pela qual ele finalmente concordou em ir com ela hoje é porque faz exatamente um mês que Sumdi morreu. Mas, nos dias anteriores, Chamdi quase não falou.

Assim que viram a esquina para o Hotel Taj Mahal, corvos estão grasnando nas árvores. Em meio aos galhos, Chamdi pode ver o céu, ligeiramente alaranjado. Ao amanhecer, ouve-se o trim-trim da bicicleta de um leiteiro. Ele passa por eles vestido com *short* cáqui e uma camisa azul e leva um recipiente de aço pendurado ao lado da bicicleta.

Quando chegam ao paredão no mar, Chamdi observa o Portal da Índia diante de si. Ele vê a estrutura marrom, suas quatro torres, sua arcada central, e quer saber por que foi construído. O Hotel Taj Mahal, em contrapartida, parece um palácio velho, seus cantos flanqueados por cúpulas laranja, com uma cúpula maior no meio. Pombos tagarelam fora nos arcos brancos das janelas e se agitam ao lado das paredes de pedra. Os faxineiros uniformizados murmuram entre si e esfregam os degraus de concreto do hotel. À direita do hotel, coqueiros revestem os arranjos de edifícios residenciais e, embora os edifícios tenham uma aparência antiga, as suas sacadas são espaçosas e eles parecem fortes.

Em volta de Chamdi, mulheres limpam o lixo da noite com vassouras de palha grossas e velhos andam sobre o paredão do mar em shorts brancos. Um homem de bigode enrolado está sentado no chão com um fogareiro de querosene ao lado e vende chá em pequenas xícaras de papel. Cachorros vadios e pombos compartilham a calçada com mendigos e um homem sem pernas está adormecido na sua cadeira de rodas. Um motorista está parado diante do seu ônibus turístico azul e com a mão movimenta em círculo um bastão de incenso, enquanto canta uma oração em tom grave e baixo. Chamdi também quer dizer uma oração, para Hanif, o taxiwala, mas, em vez disso, fecha os olhos e pede para Hanif que o perdoe.

"Eu vinha aqui com meu pai", diz Guddi. "Nós nos sentávamos aqui todo dia e comíamos *chana*. Este é o meu lugar favorito em Bombaim."

Guddi senta-se sobre o paredão do mar e balança os pés sobre a água logo abaixo. Ela olha para Chamdi e ele sabe que Guddi quer que ele faça o mesmo. Quando Chamdi toma lugar ao lado dela, o sol lança o seu brilho suave sobre tudo. Este lugar é muito diferente de qualquer outra coisa que Chamdi já viu. O espaço é muito amplo e o mar parece não ter fim.

Chamdi sente a guirlanda nas mãos. A velha lhe ensinou a deixar só a distância certa entre as flores, de forma que elas possam respirar. Ele gostou quando ela lhe ensinou isto. Em pouco tempo, ele entrava no quarto de Darzi, sentava no chão com uma cesta cheia de calêndulas e lírios ao seu lado e linha para guirlandas.

Ele olha para o horizonte e pensa em Sumdi. A esta hora, Sumdi já deve ter realizado o seu sonho. Deve ter visitado todo e qualquer canto de Bombaim, assistido a todos os jogos de críquete, apostado em todas as casas de jogos. As palavras de Sumdi retornam a ele: *Então eu voarei por cima do mar como um pássaro e nunca mais vou parar*. Embora o mar seja tão vasto, Sumdi o cruzaria num instante. Quem sabe ele poderia até mesmo ter um *beedi* na boca.

Chamdi fez esta guirlanda para Sumdi porque ele nunca teve a chance de lhe dizer adeus. Quando as chamas consumiram o corpo de Sumdi, tudo o Chamdi fez foi olhar. Ele espera que Sumdi o perdoe. Com este pensamento, Chamdi atira a guirlanda ao mar. A guirlanda se afasta cada vez mais. Para onde o mar a levará? Gostaria de saber. Desejaria que Guddi e ele pudessem flutuar para longe da mesma maneira, para qualquer país que estiver do outro lado.

"Às vezes, eu sonho que Sumdi está em nossa aldeia", diz Guddi, "e ele finge não poder caminhar. Só de brincadeira."

Chamdi não diz nada. Ele escuta o arrulhar dos pombos e se lembra da parede do orfanato. Talvez o orfanato já tenha sido destruído. Ele espera que todos estejam bem, especialmente a sra. Sadiq e Pushpa.

"Chamdi, por favor, fale comigo", diz Guddi. "O que é que tem se trabalhamos para Anand Bhai? Nós ainda estamos bem, não é?"

Ele levanta um pouco a cabeça e lança um olhar rápido para os pés dela, para os riscos alinhados de sujeira, então olha para o vestido marrom que Chamdi veste, indefinido e desbotado, e depois para as pulseiras laranja que ela nunca tira, mas ele não consegue olhar mais para cima, para o rosto e os olhos dela.

"Chamdi, você tem que falar comigo", ela diz. "Você quase não fala comigo." A voz dela começa a falhar.

Mas ele apenas fixa a água, os pequenos barcos que balançam de um lado para o outro. A vassoura do varredor sussurra atrás deles. O arquejo de um cachorro também pode ser ouvido.

Chamdi fixa o horizonte e com as mãos percorre as suas costelas. Elas estão tão afiadas como sempre, mas agora ele sabe que nunca se transformarão em presas de elefante. Nem policiais-tigre emergirão das faixas azuis e amarelas das paredes das delegacias de polícia. Ele terá que achar outras formas para proteger Guddi.

Mas não tem nada para lhe servir de apoio. Quando deixou o orfanato, ele tinha Kahunsha. Via isso tão claramente, como se fosse real, como se existisse de verdade. Agora, até as buganvílias dele são inúteis.

Ouve Guddi dar um suspiro fundo. Chamdi ainda não olha para a menina, porque, se ela estiver chorando, ele não vai poder ajudar.

Mas Guddi começa a cantar.

A voz dela toma Chamdi de surpresa e por um instante ele olha diretamente para a água mais abaixo, que bate suavemente contra o paredão. A voz de Guddi é macia no início, mas, quando cresce, faz com que ele se lembre da beleza da sua canção na primeira vez que a ouviu, e Chamdi sabe que, embora Guddi esteja sentada ao seu lado, ela se encontra distante, longe dali.

Ele olha a distância, a forma como o mar e o céu se encontram como se fossem amigos. Logo o mar vai empurrar o sol para o céu e o mar poderia fazer o mesmo com esta canção para que ela pudesse alcançar o pai dela e até mesmo Sumdi.

Mas Chamdi sente que ela está cantando para ele. Gostaria de saber como Guddi pode conseguir cantar para ele embora tenha sido ela que perdeu um irmão. A menina quase não chorou e pode ser porque ela quer que Chamdi se sinta bem. Ele quer saber onde Guddi consegue esta força.

Chamdi observa o modo como a mão esquerda dela está estendida à sua frente, como se ela estivesse indicando uma direção para a sua voz. Ela está guiando a voz por sobre a água e, pela ondulação da mão, a voz saberá quais ondas saltar e quais enfrentar. As pulseiras laranja retinem uma na outra quando ela faz isso, e ele ergue o olhar acompanhando o braço dela até o cotovelo, passando pela manga do vestido, e é quando ele nota o seu peito.

Guddi canta com tanta força que o peito dela sobe e desce.

Enquanto a voz de Guddi viaja em direção do mar, seu peito liberta a canção.

É dali que vem a canção dela. É onde reside a sua força.

Naquele instante, Chamdi também sente alguma coisa se mover dentro do seu peito.

Ele diz a si mesmo que não deve ser nada.

Talvez seja um policial-tigre.

Sim, os policiais-tigre estão dentro do peito dele e, embora estejam agora calados, algum dia eles rugirão. Algum dia ele os deixará sair.

Quer contar isso para ela enquanto a sua voz plana sobre as ondas.

Bem neste instante, ele ouve um som. É um galope de cavalos, furioso e forte. Todas as carruagens a cavalo de Bombaim estão indo para o mar, o que em si mesmo é uma visão fora do comum, mas o que deslumbra Chamdi é a natureza dos cavalos. Eles são feitos de buganvílias, cada veia e cada fibra desses animais magníficos são flores. Eles correm para o paredão do mar, pulam para a água por cima das cabeças surpresas dos homens e das mulheres.

Isso faz o coração de Chamdi disparar. Ele respira fundo.

Olha como o sol lentamente toma o seu lugar no céu e lança a sua luz numa dança cintilante.

Atrás dele, há a agitação súbita dos pombos, como se tivessem que voar todos ao mesmo tempo.

Com o murmúrio da água embaixo deles, Chamdi chega mais perto de Guddi e deixa sua mão tocar a dela.

AGRADECIMENTOS

Minha gratidão mais profunda a Deus e ao Bhavnagris, pela orientação e por suas bênçãos.

Aos meus amigos Shiamak, Nakul, Glen, Rohan, Marzi, Puneet, Rajesh e Riyaaz, por serem bons ouvintes e fazerem sugestões inestimáveis.

A minha editora, Denise Bukowski, por ser a guardiã maravilhosa de meu trabalho.

A minha editora, Maya Mavjee, por sua fé e sabedoria.

Um especial agradecimento para Daniel Slager, Hilary Reeves, Emily Cook e todos os da Milkweed, por acreditarem nesta história.

Este livro foi composto em Minion
para a Editora Planeta do Brasil
em julho de 2008.